京城可采莲

JINGCHENG KE CAILIAN

阿琪/著

远方出版社

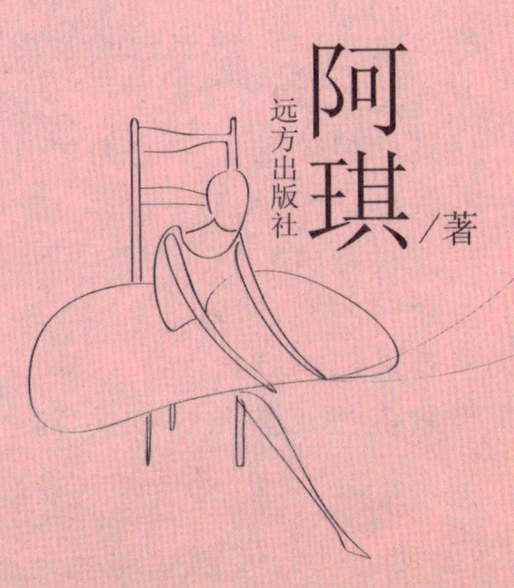

目录

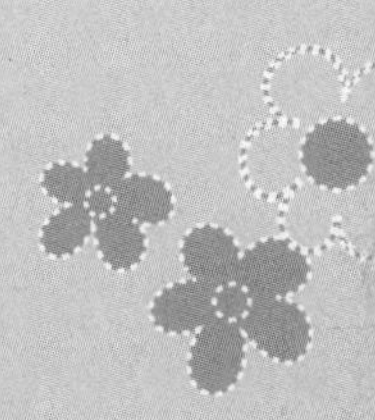

后记

第1辑　莲花

连着三天，我们守候着一池深深浅浅的莲花。身上是干净新鲜的衣裙，长发也湿湿地，在夜风里等着凉干。也有浮华倜傥的少年人，上前来搭讪。可是，如满池的莲花，我们矜持而沉默。等他们过去了，我们的笑脸缓缓如莲花般盛开，只开给自己看。

北京的人情味

现在看来，我是纯属于无知者无畏。完全不知道北京的水有多深多浅，风有多大多猛，靠了三分的年轻，七分的努力，还有二分的运气，就如此这般，奇迹般地存活了下来。

记得刚到北京的那天，正是沙尘暴猖狂的时候。什么叫飞沙走石，原以为只有电影里才有的镜头，在这一刻才有了最深刻最现实的记忆。几年下来，同班同学几十人，原也想留在北京奋斗的，被这沙尘暴一搅，逃走了一大半。

却只有我这个柔弱的南方女子，一心一意要在这钢筋水泥地里浇灌出一棵属于我自己的桃树。现在看来，我是纯属于无知者无畏。完全不知道北京的水有多深多浅，风有多大多猛，靠了三分的年轻，七分的努力，还有二分的运气，就如此这般，奇迹般地存活了下来。

前几天又是沙尘暴，我躲在自己的小屋里，听一盘迷梦的音乐，读自己新出版的一本书。心里还是有几分成就感的。或许是因为自己已经有了几分底气的缘故，原先视为洪水猛兽的沙尘暴，如今在我眼里温良了很多，而且，一年也肆虐不了几回。对人的影响，几乎可以忽略不计。北京的365天，有更多的好日子是晴天碧日，微风拂面的。我的窗外，红红白白的桃花灿烂，晃得我最近半个月，有事没事，天天下楼，为的就是要零距离感受时下的桃花满院，花香满楼。

已经逃回老家安居乐业的同学，偶有联络。前不久，来了一位研究生同宿舍的好友，请她喝酒。酒过三巡，她有点醉了。诉说自己庸常生活的乏味与无趣，却又很恐怖我每天努力工作的辛劳。她问我，如果让你现在选择，你还会选择留在北京吗？

我无语，因为从没有想过这个问题。而且，这是一个永远不会有答案的问题。因为，人生是不可逆转的，生命的河流是不可以倒流的。她又问，北京是如此一个缺乏人情味的地方，你举目无亲，又十三不靠地，你怎么就留连忘返呢。

确实，我刚到北京的时候，也就左手书箱，右手衣箱。衣服也就几件半新不旧的布衣布裙，钱包也是轻轻的。但，我的微笑是年轻的，我的感觉是新锐的，我的心是宽厚的。记得第一次到一家文化公司应聘，短短三分种的面试，就被决定留下了。而且，还有了一个很不错的职位，简直就是喜出望外。后来，在偶然的机会问老板我被录用的原因。他很简单地说，因为你是这座城市的新人，你单纯，所以你会努力，那么你就有希望。我的公司也是新生的，我更愿意录用新人，我相信我的公司也会有希望。

当时的我，因为阅历太浅，其实不很懂得他话里的含义。这么多年过去了，我每每想起他的话，心里会有温暖的泉水流淌。这是这个城市给予我的最初意义上的人情味。虽然，后来因为种种原因，我离开了这家文化公司，但那里是我作为一个新生的人在一个陌生的城市最初的开始，是我得到最初的生存机会的地方。

任何一个现代化的大城市，从表面上看，都是钢筋水泥的怪兽。可是，只要有人群的地方，就会有人情味。只要你投入，你就会每天都有新的发现。这个人情味可以是好朋友的一个电话，一次聚会，是女友送你的一条绿丝巾，是一位朋友从南京坐飞机捎来的一只板鸭，是朋友从陕西回来递上的二斤红枣。甚至也可以是一个三岁小儿的一声问好。在我的楼下，一位才三岁的邻家小美女深获我心。每天的散步，只要能看见她，我就觉得那天的阳光很充沛。我说，小美女，你好。她会微微羞涩地侧过头说，大美女，你也好。呵呵。

当然，在一个毫无根基完全陌生的城市存活，生存的代价也是昂贵的。就好像你满面微笑地去问路，也会遇上不怀好意的人故意指点你相反的方向，让你很多的努力白白付之东流。可是，每每这时候，我能怪罪的只有我自己，因为我没有眼光，不会识人，才会重演农夫与蛇的闹剧，或者干脆就是与豺狼为伍。不过，他们就像沙尘暴一样，也肆虐不了几回。对我的影响，几乎可以忽略不计。何况，仔细想想，遇上的贵人远比恶人多很多。一把黄豆里杂拌了几颗黑豆，不慌，剔出去就是了。

十年的努力，种树，浇灌，剪枝，施肥，杀虫，如今桃花满院。只是现在还不知道，我的树上究竟会结出几颗果子，大不大，味道香甜否？呵呵。其实也不是很重要的了。

京城可采莲

我陪着他们走在荷塘的边沿，心情的落寞，使我很渴望潜入塘底，也变作一枝盛大的莲花，日日开放在谁的眼里和心里。

孩提时，读过一首与莲花有关的古词。

江南可采莲，莲叶何田田。鱼戏莲叶间。鱼戏莲叶东。鱼戏莲叶西。鱼戏莲叶南。鱼戏莲叶北。

第一次惊叹莲花之美，却是在很北方的京城北海公园。

那是我到北京读书的第一个暑假，我没有回家，选了一家私企打工。那家文化公司就在离北海公园二站路的南池子胡同里。入夜，很寂寞。室友是一位朝鲜族女孩。她说，我们去看莲花吧。已经是暮色苍茫，但是，“莲叶何田田”的茂密、绰约，在初见的一瞬间还是震撼了我。月色下，莲花更加神秘而独立。

我们很自然地选了紧靠莲池的长廊坐着。女孩子之间细密的、与爱情有关的故事也就很自然地汩汩流淌了开来。一直到守夜的人提着灯笼过来，催人走。美如莲花的路灯，在我们的身后一盏一盏地熄灭。

连着三天，我们都在那一时刻坐到那里，守候着一池深深浅浅的莲花。身上是洗梳之后换上的干净新鲜的衣裙，长发也湿湿地，在夜风里等着晾干。也有倜傥的少年人，上前来搭讪。可是，我们两个人，像满池的莲花一样，矜持而沉默。等他们过去了，我们的笑脸缓缓如莲花般盛开，只开给自己看。

第二次为莲花倾倒，是在四年后。靠近西三环的紫竹院公园里。我那时刚刚毕业，一个人租住在附近的一个一居室里。心情郁闷而无助。在偌大的北京，朋友不多，前景堪忧，也没有爱情。经常整个双休日就闷在房间里写稿，觉得自己就是一架痛苦无奈的打字机。那天，出门原是为了觅食吃。走着走着，却好像被什么牵引着，就进了紫竹院。又走着走着，几亩大的莲花塘，就梦境一样把我罩了进去。

有红莲，竟然也有白莲。竟然还可以买了票划船进池塘里漫游。我游了一圈，又一圈，最后把随身带的晚餐钱都划了进去。夜深，划船的工人要收工了。我可怜兮兮地问他，我可否折一枝莲花带走。他很决绝地摇头，并且觉得我很没有教养似的瞥我一眼。我笑，反倒轻松起来。那么，这一塘莲花是不会被任何人毁灭的，是吧。

在那个莲花盛放的半个月内，我记不清去了几次。也不怎么划船了，就绕着荷塘慢悠悠走两三圈。忍不住在电话里告诉一个女友，说我这里荷花飘香，你来吗。她来了，却还带来了她正在热恋的男友。我陪着他们走在荷塘的边沿，心情的落寞，使我很渴望潜入塘底，也变作一枝盛大的莲花，日日开放在谁的眼里和心里。

一晃，又是多少年过去了。就在昨天，我突然发现，我所住社区的回龙园里，竟然也已经“莲叶何田田”。有几十盆栽种在大筐里的荷花已然盛开。竟然还有放养的小鱼儿，轻松自在地，在那里来来往往地嬉戏。

虽然和我以前见过的一亩一亩的莲花相比，她们只是一小族群，甚至只谦逊地待在池塘的一个小小边角。但，她们的婉约，她们的美妙，却是无与伦比的。因为，她们是开放在我的家园里。她们亭亭玉立，虽然是浅浅的，就像我在这个城市里的生活。根基不深，却已然和这块土地，筋脉枝叶，丝丝相连。

一间自己的屋子

四周静悄悄的。我一个人在厨房里慢慢地刷碗，细细地体会内心的安详与平静。我想，这大概就是我所能找到的幸福的感觉了。

伍尔芙说，一个女人如果要想写作，一定要有钱，还要有一间自己的屋子。

很不幸的是，在我刚来北京读书工作的几年，一心要写出惊世之作，却只能租住在陌生人的房子里，要交不菲的房租。每月口袋里的钱交给房东后，就只能买点米买点油，再买几棵大白菜了。所以，当我读到伍尔芙时的感觉，可以借用高僧李叔同的终极名句：

“悲欣交集。”

这种悲欣的心情一直延续到我多年后，搬进了银行按揭的、自己的房子之后，很久。

三年前准备买房的时候，感觉自己像个惶惶不可终日的八脚小虫，在硕大京城星罗棋布的住宅小区，出出进进，很茫然。不仅是因为囊中的羞涩，还因为，我其实并不很清楚自己究竟要什么。形形色色的房子，已经把我彻底转晕了。

这时候，正好有一位女朋友也想买房，我就搭她的车子继续到处乱逛。她是一所大学里的在读博士，老公和孩子还都在外地。一个月后，她很兴奋地打电话给我，她已经定了一套我们曾经一起看过的房子。她说，你也来吧，住在一个地方，好好歹歹地，彼此有个照应啊。我的心，有点动了，但并没有立马行动。

那个地方，有树有果园，上风还上水，就是有点远。出入不方便不说，恐怕会很寂寞呢。再说，同等条件的房子也有好几处，我为什么非得在那儿买呢。

已经跑累了，就改在网络上继续溜达。却每次都会点击那个小区的网页看。在业主俱乐部里，看到小业主们在那里叽叽喳喳地很热闹。还说，他们小区里有12位院士住着呢，还有一整栋楼是IT界某大集团的职工宿舍。这时候，我的心里亮了起来，同时有一种很踏实的感觉。因为，我想到了那个著名的典故，孟母择邻三次搬家，都是为了她的宝贝儿子有个好的成长环境。孟母最最在意的，不是花草树木，亭台楼阁，而是她的宝贝儿子将来会与什么样的人一起分享与补充成长的经验。孟子后来成为精英人物，不能不归功于孟母的一片苦心和她的先见之明。

所谓近朱者赤，近墨者黑是也。虽然，我这辈子是不是有儿或有女，还不好说，但未雨绸缪，总还是英明的吧。

我爱我家。爱的温馨元素却是在装点自己的家的过程里，一点一滴累积出来的。

挑选一沓关于家装的书刊，去美轮美奂的朋友家里取经，记住让自己怦然心动的细节，确定了自己想要的基本风格定位。

然后就开始寻找“技高德重”的家装工程队。开始是请人介绍。但当你面对一张陌生的面孔，以及面孔后很容易就能感觉到的急功近利的算计，颇为踌躇地意识到自己作为一介书生的内心力量的缺乏。

于是，最后犹豫再三，还是在排行前几名的家装公司里确定了一家。

犹豫的原因很具体，是要因此多花费三分之一的钱，可是却对可能有的“未来”有了基本的信心。后来的事实证明，这样的“多虑”是必要的。

对美丽的家的憧憬，像彩虹，赤橙黄绿青蓝紫。一旦落实到具体的细节，却只能以减法取胜。

原因一是经济预算，只能是以口袋里很少的钱办尽可能多的事。

二是简约的风格为流行文化元素的一种，也是我等族类消费得起的文化之一。

所以，在与家装公司的设计师确定装修方案的时候，要有十二分的意志力否定设计师通常会提出的很漂亮却很奢侈的方案。

比如他会劝你这儿吊个顶那儿安个屏风壁炉和排灯什么的，完全把你当做一个阔主儿蛊惑你花钱。

我的方法是先让他来做方案，电脑彩色图纸也出来了。然后我只需拿一支笔，删繁就简几下子，只留下必需的主干。

并且毫不露怯地告诉他，装修好比在一个有限的空间里做一幅立体的画，物体越少，留出的空间越大，房子的主人才可能有更多的自由呼吸空间。

就像一个人的成长经历一样，所有的过程好的坏的都是没有办法省略的。装修也差不多。咨询了多少人，读了多少本杂志，可是要出错的时候，照样错。

比如，理论上很明白，一套屋子只能有一个基本色调。

但在挑墙壁颜色的时候，面对一串串美丽的色彩，就好像一下子面对了一群美女，立马眼花了。最后挑了一种温和淡雅的“沙宣”色。那么，就是它了吧。

一小片色纸拿在手里怎么看都是淡雅如菊，所以，根本不会想到整片整片墙壁的“沙宣”色是什么样的感觉。那种感觉就是原本的空间一下子收缩了，好像只有原来的三分之二了。

那另外的三分之一就被颜色吃掉了。墙壁的颜色一重，人站在那里的感觉，就是墙壁往你跟前拉近了几公分。

非常可怕的经验。

我不得不重新到油漆店里买了同样数量的白色漆，让工人赶紧刷上去。

当墙壁还原成原先的纯白色时，房子又变得宽敞了。

白色真是一种十分可爱的颜色，它给你的感觉正好是可以忽略的若有若无。而且，将我本色的实木家具与地板映衬得原色原味，质朴有致。

我两次买的墙漆都是当时所能买到的最好的，也是最贵的漆了。因为我惜命。环保与绿色的概念是必要的。

做门框的复合木板我也要求工人买“环保型”的，还非得自己亲自验收了才放心。

做整体厨房的时候，又是踌躇再三。因为，不同的品牌价格的落差很大。使用的材料也是很不一样的。相对环保的就要贵出很多。当然最后我也挑选了最好的那种。

我相信，这份钱我可以在今后的熬夜伏案写字的工作中挣出来，只要我有足够的健康保证。

遗憾的是，经常会遇上环保与绿色相悖的时候。

比如，我现在铺的实木地板是最环保的那种，因为它几乎没有化学污染。但是，因为我的几十平方米的面积，而消失了一小片树林的负疚感从此追随了我。

每每坐卧在地板上看书看电视做瑜珈的时候，内心总有歉意。好像因为我的享受而使中国的环保事业进程慢了半拍。

说给朋友们听，他们都嘲笑我，是典型的坏得不够彻底，好也不够彻底的人，所以，最终只好到但丁的炼狱里去做永远的内心挣扎。

在装修之前，从广州来了一位女作家。围坐喝茶时三言两语之后便很自然地聊到了买房装房的话题，她的同伴在一旁“吃吃”发笑。说你们别看她温文尔雅的，装修的时候可厉害了。那些工人像一群被驯服的马，每天准点到她的窗下集合，然后由她率领着开赴新房子里做工。

女作家也笑，我们搞文字的，浸泡在理想的玫瑰房里太久了，所以，总有太多的一相情愿。但套用一幕时髦话剧的著名台词：社会是残酷的，理想是很容易破灭的。你要不想最后因失望而跳楼，就得红脸白脸轮着扮演了。

我的工程队是由家装公司指派过来的。他们之间是雇佣与被雇佣的关系，而且由公司的监理负责监督工程质量。我自然是很放心了，只等着月末完工，我就有个可心的新房子住了。

不过，有一天我刚好顺路过去，惊讶地发现房子里没有一个人，而且很脏，可以说是一片狼藉。已经贴上的瓷砖高低起伏着，线条也是歪的。

我很吃惊，打电话给公司。监理与工程队的头儿几乎同时到达了。两个人都有些气急败坏，但也不知道怎么回事儿。

这个时候，一个年轻的木匠推门进来，看到我们也有些不好意思。再三追问之下，他说昨天晚上玩牌又喝酒，很晚才睡，所以起不来了，其他的人还在贪睡呢。

我那时的心情真是沮丧到极点，便想起了那个广州女作家微笑里的无奈意味，以及所说的一相情愿的含义。

事实上，我是比较相信将心比心、以心换心这个质朴的道理的。所以，开工的第一天，我到了。特地从小区的超市买了矿泉水冷热饮的机器与水，中午送了盒饭，还给在场的工人留了烟。当时还被监理笑，说我是多此一举。

后来又发生了一些事情，我只好给公司的经理打了电话。因为有合同在，他们也没有话说，换了工程队，后来连监理也换了。原计划一个月的工程足足化了两个月才算好歹完工。差强人意的地方我最后假装视而不见，连想也不愿去多想了。

当一切成为过去之后，我突然想到那个女作家临别时说的另外一句话。她说，等你房子装完了，你内心的某些地方也就真正成熟了。还因此想起一个笑话，说如果你恨一个人，你就让他去买房子装修吧。

房子装完，其实工程才完成一个框架。真正体现你风格的地方在于细节。很多很多的细节，一一推敲，步步为营。走很多家具店布艺店，货比三家，不一定是比哪一家的东西好，更要比谁的东西更便宜。还有搬家。其中的乐趣与辛苦在此不一一细表。

搬完了家，过了很久，都不敢请朋友们来玩。尽管他们十分强烈地要求。北方人把这叫做暖房。但真的不知道为什么，就是不敢招呼他们。

后来与另一个也是刚刚装完房子的女友聊天，她竟然与我同样的心情。她说，其实是怕朋友们不知好歹，胡乱评点。而我们的心态还处在脆弱期，碰不得。谁要是敢说我家装得不好，非得跟他急不可。我大笑。原来如此啊。想想，真的就是这种心情。没有一点夸张的成分。

很快，就遇上了五一长假。我决定约一拨朋友来玩。有朋友进门就叫，阿琪，你是不是把整个“宜家”给搬过来了。我笑而不语。有比较亲近的朋友疑惑，因为她知道我没有财力把“宜家”给搞定了。

但是，所有的灯具，窗帘及架，以及烛台等小部件确确实实是“宜家”的，但整套的木质家具却是伪“宜家”的。我想，“宜家”只不过提供了我们一个家具的理念，我相信我这套请北京一家工厂定制的伪“宜家”的作品，比真“宜家”更漂亮而实用。那个美院毕业的设计师是个慧心善面的小女生。她很大胆地在组合的家具里融进了我的很多想法。于是，当家具组装完毕时，我内心的欢喜是那么地圆满而真实。

午夜过后，玩得很开心的朋友们陆续都走了。我被我自己留了下来。四周静悄悄的。我一个人在厨房里慢慢地刷碗，细细地体会内心的安详与平静。我想，这大概就是我所能找到的幸福的感觉了。

生活在北京的N个理由

所谓有容乃大。北京是唯一没有让我有外地人的落魄感的城市。它早已经成了移民城市。

我不是北京人，一恍惚，却已经独自生活在北京N个年头了。

说一句大实话，N年了，我才真正体会到什么叫做“白手起家”，什么叫做“不容易”。乡音未改，却在鬓间已有丝丝白发。每次南方老家的老父老母打电话来，末了一句，总是说，闺女，要混不下去了，就回家来吧。你的房间原封不动，还是老样子，给你留着呢。

我总是脆脆地笑，然后，就有点感伤。家乡日出和日落时，金灿灿的天空，还有知了嘹亮，绿意葱茏的午后，都是我梦里梦外不停回放的慢镜头。但是，我无数次地要离开，却终究没有能下决心卷铺盖回家。不只是爱面子，强撑着。在我旅居北京的第N个年头，我细细地审读了一下自己。我想，我爱北京天安门，我有N个生活在北京的理由。

第一个理由，是因为北京大。不仅是地理意义上的面积大。而且，是文化意义上的很有包容的那种大，所谓有容乃大。北京是唯一没有让我有外地人的落魄感的城市。它早已经成了移民城市。我跟不少新来乍到的朋友说，如果有一天你觉得在北京混不下去了，你可以离开。但是，你不要说北京不好，不是北京人民不欢迎你，而是你自己不够努力。

这就说到了我在北京的第二个生存理由。北京的工作机会多。我不是爱跳槽的人。天性文静，甚至比较保守。但我却已经换了三四次工作，差不多不到三年，我就得挪窝。有时候是老板看我不顺眼了，更多时候是我看老板不顺眼了。然后数数钱包里的人民币还够我买米吃几个月的，我就很勇敢地炒了老板的鱿鱼。而且，凭着我的实力，我总是在旅行一至三个月回来的时候，就已经有招聘的通知书在我的信箱里。也可能跟我是半个文化人有关。北京盛产的，是丰饶的文化。各种层面的媒体、出版机构，大大小小与文化搭界的公司，眼花缭乱，却总也不缺少我的一口饭。

理由之三，是朋友多。出门靠朋友。刚到北京的时候，两眼一抹黑，一手衣箱，一手书箱。四年读书几年工作下来，五湖四海的朋友，黑皮肤白皮肤的朋友，好朋友坏朋友，都有了。只要你有足够的真知灼见，英文也足够好，就行。因为北京的大，你喜欢见的好朋友，你自然可以经常见。可是，你不想见的坏朋友，你就可以不见。还不用绕道走。嘿嘿，这真好。

理由之四，美味多。刚到北京时，站在街边就能尝到香喷喷臭烘烘的京味小吃，什么豆汁，驴打滚，炒肝什么的。现在稍稍混出一点人样了，觉得街边吃食不很卫生，就餐环境也不够风雅。于是，差不多每个周末都有几个好吃好喝的朋友约着上哪儿吃饭去。几乎不用发愁就想了好去处。中餐馆还是西餐馆，川菜还是潮州菜，都有很地道的经典

菜系供我们选择，又几乎每天都有新开业的餐馆在等着你。不过特别贵的地方，比如王府饭店，比如马克西姆法式餐厅，一直没有能去。就想什么时候逮着一个大头，撮他一顿，可惜，眼拙，一直就没有逮着。

理由之五，书店多，酒吧多，书店和酒吧靠在一起的书吧更多。三味书屋、三联书店、万圣书苑等等，楼下买书，楼上就有阳光小屋，一把藤椅，一壶菊花茶，慢悠悠，约了朋友聊天，或者独自翻书，都很放松。能买到最新出版的好书，也能淘到出版很多年的旧书。如果你有足够的眼光，还有很多孤本善本的古书能淘到呢。

话就说到了生活在北京的最最充分和最最牛气的理由：话剧多，还有北京的潘家园和古玩城，是没有一个城市敢比拟的。话剧我会另外写文章表达我的钟情。这里先只说说淘旧货。大眼睛的人能在那里淘到唐宋南北朝的真货。眼睛小的人就只好以假当真地抱着赝品回家了。明明知道自己上当了，心里也乐。因为就是想着去凑凑热闹玩玩，碰碰运气的。说不定什么时候运转，买回家的一幅字条，却是某某大师的真迹，多好。想想就先乐开怀了。

家住京郊

我把自己放在了一个完全陌生的环境里，我要在这里寻找生命的新感觉。

郊区的房子拿到门钥匙之后，我没有敢耽误一分钟，兴冲冲奔了过去。但是，新房子只是水泥天地，周边也是人稀草荒的冷寂。虽然一如意料之中，但回到城里租住的房子，心里是慌慌没有着落的。怎么就觉得这位于西三环香格里拉附近的，租住的房子才更像我的家呢。是因为住了5年，这破屋的每一个裂缝，都亲切如我自己的掌纹吗？

所以，房子装好了之后，我没有马上搬过去。拖拖拉拉又延宕了四个月之久，才在一个所谓的良辰吉日勉强地把自己的大小家私运了过去。却是赶上了下雨。工人把我的东西呼啦啦堆到房间里，帮忙的朋友很奇怪地看着我坐在一堆杂物上满脸的沮丧。都笑我得了好处还卖乖，有新房子住，还那么不开心。等到朋友们纷纷告别我而去的时候，我甚至没有办法控制地哭了出来。完全是被抛弃的感觉，很荒唐的，为什么呢？

搬家的第二天，天还是阴的。我在社区里晃荡了好久，试图熟悉我以后生活需要的每一个细节。超市，银行，邮局，医院，饭馆等等，这是一个大的社区，麻雀不小，五脏当然也是很全的。只是没有人气地寂寥。我知道，自己要咬牙度过一个心理调试期。我把自己放在了一个完全陌生的环境里，我要在这里寻找生命的新感觉。就像我多少年以前，刚刚到北京的时候，一切都是未知的，一切都是挑战的。而现在，我是住在自己的房子里了，需要的只是时间感受而已。我安慰自己，但是，当天晚上仍是翻来覆去地睡不踏实。窗户外，楼道里，每过一次微风，我都警醒过来。

如今，已经三年过去了。楼下的小树苗已经长大，天天迎风摇曳它们修长婀娜的身姿。春天有桃花，夏天开月季，秋天是牵牛，冬天也有绿绿的松树。我搬家第二天遇上的芳邻，是一个大肚子的孕妇。我见证了她的孩子的出生、成长的每一步。那是一个漂亮的小女孩，不到三岁的她，贼精灵。从第一眼看见我，便会未语先笑，如阳光灿烂的花骨朵儿，是我心头的最爱。她妈妈也笑，说这孩子怎么就跟你不见生。每天下楼，我都默想，如果今天能遇上小美女，我就会一天心情阳光，并且诸事顺利。她有个可爱的名字，叫豆豆。

院子里还有很多的男孩女孩，一窝一窝地也都在茁壮成长，像我们居住的社区一样，每天欣欣向荣，日新月异。公园里，开裆裤的小孩，昨天还在婴儿车里吸奶嘴，没过几天就见他们满地撒野了。晃得我眼花，我却知道谁谁是几号楼的。他们的爸爸妈妈，或者是爷爷奶奶，也都眼熟，小径上相遇了也都有友善的微笑送给对方。有两对双胞胎，一对是龙凤胎，男孩爱笑，女孩却是爱哭。还有一对双凤胎，一个爱闹，一个爱睡。任何时候见了她，她都在甜梦里深睡。

院子里的宠物和孩子一样多。我不敢说认识每一家的狗狗，猫猫。但我相信，所有的狗狗猫猫都知道我是它们的芳邻。因为，每一次相遇，它们都不对我凶，都友善地摇摇尾巴。有一次我从外面回家，手里拎了饭盒。老吕家的苏格兰牧羊犬老远就冲着我奔了过来，一口把我的饭盒叼了过去，撒腿就跑到好远。老吕生气，要去追。我劝住了，笑得弯腰。老吕说，你饭盒里一定是京酱肉丝，或者北京烤鸭，因为这两样菜是它的最爱，所以，它才露出豺狼本色，如此没有礼貌，呵呵。可是，我却觉得是狗狗跟我不见外。从此有了京酱肉丝，或者北京烤鸭的剩菜，总是想着那条帅气英俊的苏格兰牧羊犬。它有一个响亮的名字，贝克汉姆，爱称是，小贝。

昨天，我出差从桂林回家。出租车到了院子里，我刚刚搬下行李，那条叫做小贝的苏格兰牧羊犬就欢快地迎上来，绕着我走了两圈，然后毫不掩饰它对我归来的喜悦，热烈地舔我的脚，我心头一热，说，哦，我到家了。

京城的米，贵不贵

京城的大米，也许不会比其他城市的更贵，但京城的生活，做人的成本却有可能比任何城市都高。

京城米贵，居大不易。这是唐代一位大诗人自我调侃的话。他所在的京城，是当时的长安。我在这里，是借他的聪明话来调侃我自己。京城的大米，也许不会比其他城市的更贵，但京城的生活，做人的成本却有可能比任何城市都高。

因为，北京太大。有容乃大，京城包容了所有，也包容了你我他。具体到每一个人过日子的一天又一天来说，真是大有大的难处。首先工作的成本就很高。在城里工作郊区居住的人占非常大的比重。以至于像我所在的回龙观小区，被语意暧昧地称为“睡都”。而这样的睡都其实星罗棋布，分布在京城四环五环外的四面八方。

也因此，我经常与朋友开玩笑，说我在京城混了十多年，也还是没有挤进北京城，还是住在五环外。不过，好歹也算是六环内呢。呵呵。在京城的老地图上是找不到我住的地方的。直到去年的新地图出版，我偶然发现我已经在地图的最北最边缘处存在了，还兴奋了好几个小时。

睡都里，除了老人小孩，以及极少数在家办公的人，大多数的人不能安然睡到自然醒。在我每天早晨锻炼时，身边步履匆匆的人，几乎都是大梦初醒，很迟钝的样子。而他们的手里很多还提着小兜兜，装着早餐的点心和酸奶，甚至还备有中午的盒饭。每天，他们要赶在上班时间到，就必须提前两小时出发。也许实际的路程只需一个小时，却还得留出一个小时为堵车做准备。上高速的路口，每天的车龙让人心惊。而地铁站里，稍为矜持的人的命运，就是连冲三次都没有能挤上地铁，一次又一次地失败，到最后真是想死的心都有。因为，一个月的考勤奖，眼看着就成了落花流水，全泡汤了。

所以，有很多人采取避开高峰期的迂回战术。要么，比谁都早。要么，比谁都晚。赶早的人，像早起的小鸟，在整个城市还在睡意绵绵的时候，欢呼着就赶上了早班车。早班车里空荡，想唱歌的话，会有很好的回声。可惜，他们大都是睡眠不足，坐稳了就继续半睡半醒地养精神，因为万一坐过站，所有的努力岂不是都白费了。也有两眼炯炯有神，用耳机，学英文，听新闻，听音乐台的主持人在有所顾忌地调情。

中关村一带写字楼里的老板几乎都已经默认了这样一个事实，就是有一大部分白领金领，他们姗姗来迟，差不多赶在午餐前抵达。但是，他们下班的时间也几乎拖拉了三小时左右。老板算算自己也不吃亏。重要的是。到他们下班时，也已经避过了下班的高峰期。一箭双雕，皆大欢喜的事，何乐而不为呢。

但是，苦了有孩子的小妈妈们。我楼上豆豆的妈妈，三十出头，在一家私企是部门主管。她女儿豆豆才三岁多一点。每天，她走的时候，女儿还在酣睡，等到她很晚回到家，女儿又在睡梦里了。但她很坚决，绝不肯让保姆带着孩子睡。再累，她也要让女儿在自己的呼吸与心跳里深睡。或许母女两人还能在梦里亲昵调笑呢。她其实是很怕长久如此，母女照不到面，女儿会与她不亲。那损失就太惨重了。

所以，就说到了生存成本之二，生活的成本也很高。衣食住行，每个月的交通费，是一笔不大不小的开支。每个月的住房按揭成为很多人最大的心痛。食在北京，是有口福的。全世界的美食这里都有。但，你能常去坐坐的，也就三五家经济型小餐馆。而衣着，在家里当然可以穿10元钱的地摊货，出门亮相，总还应该有两套拿得出手的品牌衣服。京城四季分明，所以，我总羡慕四季如春的广州的女友们，着装费就省了很多。

所以，在京城生活的人，朋友尽管有很多，见面的机会其实是不多的。说是人情淡漠，其实是不敢太热，否则做朋友的成本也很高。我请朋友吃一顿饭，总是斟酌再三，因为，你让他打车从东城赶到西城，或者从南四环赶到你北五环，时间的成本，金钱的成本，你不用算，就知道大概有多少。所以要不是特别的理由，同住京城的朋友，一年见不了几次面。友情的维系是褒电话粥，发短信。所以呢，我每月的通讯费月月超预算，也不敢恼。

住在京城，还要受的一点委屈是，家乡的亲朋好友，要么觉得你无情无义，要么认为你无能无力。他们通常认为你在皇城根下，应该路路通才对。她要一本什么书，请你全北京的书店去寻觅。他家的小孩要考大学，让你到30公里以外的一所大学拿招生简章。毕业了，又说你能不能帮他找个体面又来钱快的工作。呵呵。

他们根本不知道，每次我出门，我都觉得自己不过是京城大风中的一颗沙砾，非常无助。坐在家里几天不出门，又觉得自己好比一棵自生自灭的大白菜，非常孤独。

但是，京城还是有志气的人生生不息，努力挣扎和坚守的一个地方。因为它大，它会给你机会。有了机会，你就有可能实现自己的梦想。如果你有梦想的话。

人常说，你要在北京成了，你在中国就成了。正如你要在纽约成了，你就在世界成了。张艺谋，巩俐，就住在你家的隔壁，他们的起点也不比你高多少。他们能成，你为什么就不能成？

圈子的力量

她或许不是你血缘上的亲人，你却觉得她亲，她可靠，有事没事经常想到她，半个月里见面了两三次，也没有什么事，就是约在了什么月亮小屋阳光长廊喝喝菊花茶，谈谈女人的大小心事。

我们常说，圈内人，圈外人。就像人是生活在时空之中的，人同时又是生活在一个一个大大小小的圈子里的。这个所谓的圈子，像时光与空气一样，我们不可触摸，却可以深刻感受。

这个圈子是由纷纷纭纭的各色人组成的。有高贵，有低贱，有男男，有女女。他们的喜怒哀乐对你的生存状态有直接或者间接的影响，就像他们喷了法国香水还是打了个喷嚏，就会波及到你的感官系统。不管你愿意还是不愿意。

这个圈子可以是很大，比如，经常说到的文化圈、娱乐圈什么的。一个人想要在某一个方面出人头地，她必须首先打人这个圈子，或者凭借实力，或者凭借关系。每个圈子里也都有一两位龙头老大式的有影响力的人，是这个名利圈的中心人物。想要进入这个圈子的新人，都必须以自己的方式向老大致敬，获取承认。有的人运气好，只用了一夜的时间，天地变色，所谓一夜成名。也有的人运气迟缓，比如任贤齐，就辛辛苦苦了十多年，才走红半边天。

这个圈子也可以是一个名媛贵妇的客厅。比如，林徽音家那个著名的太太的客厅，当时云集了徐志摩、凌淑华等很多文化名流，彼此看着顺眼，浅斟低唱，吟诗断句，评品时事。代表了北平当时颇为前卫的人文思潮，新月派就此蕴藉而生。后来成为著名翻译家的萧乾先生，就曾经很老实地写了数篇文章，谈自己如何毕恭毕敬，诚惶诚恐地去登门拜访，林徽音又是如何仪态万方，接见他，指点他迷津。

在这里，我就只说说类似太太的客厅，这样的小圈子的力量。

一个常态里的人，她的圈子通常有形无形地有三种，一个是她的事业圈。一个是她的生活圈。还有一个是她的生命圈。同事和老板可以只停留在她的事业圈里。卖早点的老头和家里的小时工也可以是她的生活圈里经常出现的人。她生命圈里的人，是关乎她的生命质量的人。她爱的人，爱她的人，他们的存在不可或缺。缺了谁，人生都不再圆满。她的孩子，她的老公。甚至是她养了多年的一条狗。如果她爱情人超过爱自己的老公，生命的很多元素就会改变，就会重组。

最重要的是，这三个圈子是互相交叉，重合的。能在你的三个圈子里交相辉映重复出现的人物，事实上就成为你的第四个最重要的圈子。她们是一个人，也可以是三五人，或者一群人。她或许不是你血缘上的亲人，你却觉得她亲，她可靠，有事没事经常想到她，半个月里见面了两三次，也没有什么事，就是约在了什么月亮小屋阳光长廊喝喝菊花茶，谈谈女人的大小心事。城西新开了一家特色餐馆，你们三五人一招呼就去了，享受美味只是一方面，看着愉悦，彼此默契，流通信息，消费诽闻，其乐融融。或者最新流行了什么瘦身秘方，她立马想着给你拷贝了一份发在你的邮箱里，而其实她和你大半年也通不了一次电话，电子信箱却是每日不断的。新款的衣服，第一次穿上身，一定不是给老公看的。因为老公的评价不是最重要的，重要的是圈子里女友们的眼光。

那部热播的美国电视剧《欲望城市》里的四个女人，就是一个稳定和谐的私人小圈子。她们个性独立，各自有很不错的事业背景，可是，她们彼此需要，也彼此欣赏，心智的成熟与圆满，旗鼓相当。一人得福，有四个人同欢。一人有麻烦，另外三人同仇敌忾。也有很多潜规则，比如相互不借钱，救急例外。再比如，不眼红不插足对方的固定男友。但如果有一人受了某歪男人的欺负，另外三人审时度势，即使不会玩两肋插刀的生猛游戏，想出来的办法也一定是可以解气的。谁也离得开谁，因为没有利益上的纠葛。但谁也不想离开，因为，彼此投缘，聊得开心，想着放心。也相互嫉妒，却绝不相互拆台。

除非你是超级天才，喜欢与世隔绝。否则，女人有一个属于自己的，又贴身又贴心，舒适稳定的小圈子，似乎是很有必要的。而其实，即使是像张爱玲这样的绝世才女，一个行为处世事事例外的天才，在她生命的前半生，也有形影相随的炎樱，谈文说书的苏青，聪明风趣的姑姑，组合成她的私人小圈子，相互给予了很多的经验，以及共同成长的人性上的很多温暖。只可惜，在她的后半生，当这些女人一个一个淡化出她的人生之后，她就干脆把整个世界都放弃了。

我想，是因为，这种高质量的私密小圈子里的人，是可遇不可求的。比如炎樱，走了一个，就走了。再没有了。

我看戏，因为我悲伤

我还是愿意把他留在风云变幻的话剧舞台上，满怀悲伤地静静地看着他，看他在那里慷慨陈词，看他在那里颠倒众生，看他在那里哭，在那里笑，看着他在那里一次又一次地倒下，一次又一次地死去。

我做戏，是因为我悲伤。这是一个女导演的话。当初闻听，我感慨万分，心沉了下去，又浮了上来。因为，做戏的人在悲伤，看戏的人，又如何能够不悲伤呢。

感受能力超强的我，看戏，经常看得泪流满面，或者哽咽不已。当然，看喜剧的时候，也会笑得一塌糊涂。但笑过之后，总是退回到悲伤的情绪。喜剧的背后往往是更深刻的悲剧。这种情感的高峰体验，好比是以毒攻毒，总是能把我现实生活里无法免却的、忧虑的情绪冲淡了一些。

所以，当初决定在京城生存下来，一个很重要的不可或缺的理由，就是在这里我能看到中国当代最好的话剧。当然，在京城也能看到其他很多剧种的戏，京剧，舞剧，歌剧等，却只有话剧最合我的口

味。说的，比唱的更能感动我。

在最初读书生活的几年里，我经常被同学戏谑，他们说我，每天不是在看话剧，就是在去剧场的路上。当然是夸张了一些。但我确实是在最初的几年，把所有的零用钱都差不多付给了北京人艺。从《茶馆》，《李白》，《狗儿爷涅磐》，《鸟人》，《天下第一楼》，一路看下去，只要他们演，我就看。有的戏看完了，感动得不行了，回到学校，一通穷侃，把几个同学蛊惑了也想去看。我就高高兴兴地陪他们看了第二遍。如果不是囊中羞涩，我想，很多戏我还会去看第三遍的。

戏看多了，也渐渐不只是看热闹，多多少少入了一些门道。也有了自己特别心仪的偶像演员并爱屋及乌，连同他主演的电影电视剧我也追着看。有一天 ，我坐在首都剧场附近的一个城隍庙上海小吃店里杀时间，等着看戏。突然惊诧地发现，窗外慢悠悠走过去的，正是我热爱的那个偶像明星。见他，一身浅色休闲服，在舞台上表情千变万化的脸，此刻无风也无云，边走边在打着手机。一忽儿就过去了，我却坐在那里心潮起伏，呵呵。整个一个追星族的傻样儿。不想公布他的名字，是因为后来我发现几乎所有的大众都喜欢他，我就不敢再说喜欢他了，因为显得这份喜欢也很一般呵。跟所有的追星族一样，谁都觉得我才是自己偶像人物的知音，是最能理解，最能欣赏他的人。

被人艺培养出来的审美品位，再看其他话剧团的戏，就经常不自觉地很挑剔。却在遇上特别好的戏时，也会识货，也会很捧场。只有到了这个阶段，我才觉得自己已经成长为一个成熟的资深的话剧观众。

后来，我毕业出校门，选择做了记者。正如期待的那样，有了采访明星人物的机会。但却很奇怪，一直没有捞到采访他的好机会。忍不住有时候就跟朋友抱怨，说自己运气怎么如此不佳呢。于是，有一天，有个也做记者的女朋友，就打电话说，下午要去采访谁谁谁，你不是喜欢他吗，你就跟我一起去吧。

我激动了半天，把自己最好的几套衣服换来换去，完全没有了主张。最后，临出门了，又改了主意，不去了。因为，那几天吃火锅上了火，嘴角裂了个小口子，严重破坏了我的美好形象。我不想让他看见如此不中看的我。女友在电话里笑得要晕倒了，她说，难道你还指望他会多看你一眼吗。呵呵。话说得狠了一点，却是真话。

但我终究是没有去，其实是怯场。非常怕近距离地观瞧，会发现我喜欢的明星原来也就是邻家男人般普通，那我会不会满心悲伤，郁郁终日？算了，我还是愿意把他留在风云变幻的话剧舞台上，满怀悲伤地静静地看着他，看他在那里慷慨陈词，看他在那里颠倒众生，看他在那里哭，在那里笑，看着他在那里一次又一次地倒下，一次又一次地死去。

外婆的下午茶

外婆笑眯了双眼，气定神闲的表情洋溢在脸上，眼眸里有岁月带给她的悠远，却没有很多人还不到40岁就显现出的被岁月灼伤的苍凉。

曾经相遇一个南方的男孩子，虽然没有喜欢上他，却一直是很怀念他的。这份怀念，不为别的，只因为他有一位80岁了却风韵犹存的老外婆。

那是我见过的最有风采最有味道的女子。在我的相册里，一张她白发童颜的照片总是最频繁地被人惊异，她是谁？她可真美啊。

那本颇为流行的《上海的金枝玉叶》，书里的独居女人戴西，80多岁了，走在上海时髦的马路上，还有陌生男子向她表达倾慕之情。而走在她身边的包括作者在内的三个年轻女子，在戴西优雅风度的映衬下，感觉自己是粗糙的男子。

读到这里的时候，我轻轻地笑了。因为这种感觉，当我在老外婆的身边坐着的时候，也曾经很强烈地感受到了。

不久前，我回南方度假，特地去看望了老外婆。她还是那么老，却还是那么美。坐在五月阳光牵牛花藤蔓的长廊里，喝着外婆亲手沏的绿茶，闲聊的话题从前尘往事，竟然不知不觉地过渡到了女子养颜的问题上来了。

外婆笑眯了双眼，气定神闲的表情洋溢在脸上，眼眸里有岁月带给她的悠远，却没有很多人还不到40岁就显现出的被岁月灼伤的苍凉。而且，外婆握着瓷白茶杯的手指，竟然依旧是纤细而美丽的，指甲尖尖依旧保养得很雍容。

外婆说她其实并不知道何谓美容养颜，但从她的面目可喜言语有味的母亲那里，言传身教了一些习惯也许是好的。因为她母亲也是从她的母亲那里得到的。这些习惯不是不合时宜地让你去用刨花水泯头发，也不是拿土办法去制水粉胭脂。

我把外婆的话录音了，回到北京花了两个下午整理出来。却惊诧地发现，外婆的话语，与现在网友们相互流传的一些神秘的文字有异曲同工之妙。

网友们把这些美丽悠久的文字叫作800年的“密宗经典”：

相信生活里有奇迹发生，永远让自己的心态处在一种遥望的状态上。

永远不要忽视自己的梦想，也不要忽视别人的梦想。

熟记你喜欢的诗歌。

多吃些粗粮。

给别人比他们自己期许的更多，并且用心去做。

不要轻信你听到的每件事，不要花光你的所有，不要想睡多久就多久。

深情热烈地爱，也许你会受伤，但这是使人生完整的唯一的办法。

无论何时说“我爱你”，请真心实意。无论何时说“对不起”，请看着对方的眼睛。

最好的关系，存在于对别人的爱胜于对别人的索求上。

无论何时你发现自己错了，竭尽所能去弥补，动作要快。

无论什么时候打电话，拿起话筒的时候请微笑，因为对方能感觉到。

不要相信接吻时从不闭眼的恋人。找一个爱聊天的人做朋友，因为年龄大了以后，你会发现喜欢聊天是一个人最大的优点。

找点时间，单独待会儿。欣然接受改变，但是不要摈弃你的个人理念。

无论是烹调还是爱情，都用百分之百的负责的态度对待，但是不要期求太多的回报。

过一种高尚而诚实的生活，当你年老时回想过去，你就能再一次享受人生。

尽你的全力，让全家平顺和谐。当你和亲近的人吵嘴的时候，试着就事论事，不要扯出陈芝麻烂谷子的事。

每年至少去一个你从没有去过的地方。

如果你赚了很多钱，在活着的时候多行善事，这是你能得到的最好的回报。

记住，有时候，不是最好的收获也是一种好运。

深刻地理解所有的规则，合理地更新它们。

回头看看你发誓取得的目标，然后评判你到底有多成功，无论分数大小，请给你自己一个由衷的微笑。因为你努力了。不要摆脱不了昨天。

多注意言下之意。善待自然之物，不要愚弄自然母亲。

最后的忠告是，相信上帝，但是别忘了锁门。

不幸而言中，贾宝玉的金玉良言

一个有梦的女子，较之一个每天蓬头垢面深陷琐事旋涡里的家庭主妇，心态自然会比较轻盈而放松。

非常惊讶地看见一则最新的资料，令单身很久的我，半是欢喜半是忧。

在美国，眼下有4500万的女人“打单”。占美国所有成年女性的53%。

而且，美国哈佛大学的专家们最新研究表明，女性跟男伴同居不仅有损生理健康，还会使心情不爽。相反，没有妻子或者女性在身边的男子，身体则会变差，甚至，风度顿失。

专家分析说，单身的女性，比较与男伴同居的女性，要少三分之一的机会患病，也较少出现抑郁、焦虑和其他不良问题。特别要指出的是，专家的全球性的调查资料表明，单身的女人明显地比较动人和明艳照人。

一位名叫科尔迪茨的专家说，女性与男伴同居会给健康带来负面的影响。感到无法控制自己的命运是人类精神压力的一大原因。

而当女人独居时，她们会觉得比较能主动地掌握自己的生命质量。压力较少，以及比较满意于生活现状，有助于强化免役系统功能，有助身体对抗传染病症。而结婚对男性的保障似乎较女性要多得多。

带着半信半疑的态度去询问身边的女友们，居然都说，是的，很有可能。忽略少数几对神仙眷侣们的幸福生活不计，就普遍意义上说，相同的社会竞争压力的大背景之下，女人在家庭中还有无处逃遁的生育、避孕与家务之累，足可以让女人明亮的微笑变得苦涩。

所以，离婚后的男人纷纷以最快的速度再婚或同居，而从家庭里摆脱出来的女人们，对再婚则持十分谨慎的态度，选择单身或暂时单身的女人居多。

这差不多就是贾宝玉的理论翻版了。冰雪聪明的宝哥哥一直嚷嚷说，女儿是清清的水做的，男人是烂烂的泥做的，女人一旦遭遇了男人就不可避免地变浑了。

一位我儿时的闺中密友，曾是美女的叶子，在多年后的聚会中，她摆摆自己胖胖的身体说，孩子大了我也完了，都是男人、流产、避孕药惹的祸。她显然是没有太多信心地问我，我们这一代女人还能赶上男性避孕的好时光吗？

其实，我们不用说很多涉嫌Feminism（女权主义)的话语，就生命的质量来说，在于你拥有了多少的时间与空间，换句话说，你算算有多少时间与空间，是你可以有权力有能力支配和享受的。

握一杯红酒或绿茶，闲坐在阳台上望日落，看日出，数星星，晒太阳的日子，在你的生活里已经距离多远了呢？太多的婚姻中的女人，即使在休闲的时间段里，满脑子沸腾的，仍然是琐琐碎碎，道不清，理还乱，欲罢不能的人生辛苦。

只要把自己照顾好就行了的单身女人，相对来说就有比较从容的时间，有独立的金钱资本，有广泛的社交空间，有安静的心情打扮自己。她们总是能把自己调整得舒适而得体，明亮而动人，以期博得自己和周边人的欣赏。

最重要的是，未来生活的无限可能性，使得她们能够始终保持在一个遥望的姿态上。一个有梦的女子，较之一个每天蓬头垢面深陷琐事旋涡里的家庭主妇，心态自然会比较轻盈而放松。

谁都知道童话里公主和王子历经千辛万苦结婚以后，从此过上了幸福的日子。

而如何幸福，没有人知道。

但有一点可以肯定的是，漫长的日复一日的婚姻生涯里，至少有50次夫妻战争的大轰炸，王子和公主在悔不当初的绝望里，恨不能掐死对方而后快。

对不起，这不是我的臆想妄念，理论出处是国际婚姻心理专家权威论文里的数据。

他们说，一生中，平均每对夫妻因憎恨而欲置对方于死地至少50次。

修养到位的公主王子也许不会像柴米夫妻那样大打出手，不过他们的战争很有可能像张艺谋《英雄》里的男女主角，只凭意念就能斗个你死我活。

不信任感

与其说是对人已经有了普遍的不信任感，不如说，是对人性的弱点有了更多的认识与了解。

昨天，与一群女生男生在后海边的孔乙己餐馆吃饭。

我感觉他们每个人都神清而面朗，美丽而自然。我想，是因为他们年轻。以及因为年轻，所以单纯。谈话间，说到结婚好还是单身好的问题，一个大学刚刚毕业，拉大提琴的女孩子问我，你单身是因为你排斥婚姻吗？

我想了想说，我不仅不排斥，还很渴望婚姻。但我至今单身，恐怕是我对人性的不信任感。所有的人都噤声。只有比我略为年长的小夏做肯定状。

所以，回家后我继续就这个问题做思考状。大概真的是岁月的伤害。岁月不仅吸走了我肌肤下的很多水分，还把我灵魂里的很多勇气给吸走了。

已经在北京一个人走了很长的夜路。我当然是害怕一个人走夜路的。我在心里祷告了很多年，祈求上帝赐给我一个同行者。

但是，如果身边真的多了一个具体的人，我也许会更担心自己的安全。

一个人走路，害怕的也许是若有若无的鬼。我还能一个人放声高歌，给自己壮胆。但如果身边突然出现了一个真实的人，我的第一反应，是以最快的速度，逃。

因为，与其说是对人已经有了普遍的不信任感，不如说，是对人性的弱点有了更多的认识与了解。

而且，对人的不信任感里面，也包括对我自己的不信任感。两个人之间的忍让，妥协，宽容，我自己又能付出多少呢。

早就有一位先知说过，你身边最亲密的人，也许是最凶恶的敌人。呵呵。

如果你想偷懒，你就去单身

你如果想偷懒，你想逃避，把人生当做一次独步的旅行，一个悠长的假期，你就去单身。

美好的婚姻是童话，是神仙眷侣，现实中少而又少。 甚至童话里的夫妻，婚姻美满的也不多。所以，婚姻是赌，而输的通常是女人。

前车之鉴。前辈人的婚姻带给女人的只有恐惧的经验。所谓女主内男主外的真相，是女人忍辱负重，忙里又忙外，累弯了腰。

避孕之苦。全世界的男人都想当然地认为，避孕是女人的事情。要不，已经研制出的男性避孕药，为什么没有流行？流行的只是壮阳的viagra(伟哥)。男人戏称最保险的安全套，是穿着雨衣洗澡，没劲。如今，安全套流行起来了，却不是因为体贴女人，而是艾滋的胁迫。在婚姻的门里，安全套还是被冷落。

于是，婚姻中的女人一生做人流的平均次数在3-5次。这差不多是一个健康的女人在心理和生理上，所能承受的医学意义上的极限。一位女友说，每上一次手术台，心随身，俱老一截。难怪有个颇有名气的文人，在谈到他曾经美貌的老婆时说，我老婆被我睡了十多年，她还会美吗？

生育之累。十月怀胎的辛苦，我们不去多说了。而其实最辛苦的是孩子生下来之后。悉心照料孩子生长的每一天，每一个细节。一位广州的女友，孩子刚过百日，她说，早知道养一个孩子这么辛苦，这么狼狈，我就不要了。

所以，如果你没有一个坚韧的身，一颗坚强的心，你不要去尝试婚姻。

京城米贵，居大不易。如果你没有足够的钱，也不要去结婚。贫贱夫妻百事哀，一家人苦大仇深。而小康夫妻苦的就只是女人。有限的银子都用来给孩子做投资，如果还有结余，就是给老公做投资。女人呢，到最后，书房是老公的，客厅是孩子的，她呢，只剩下油烟的厨房，和一个疲惫不堪的身体，一颗茫然窘迫的心。

当然，你也可以不这样做。做女人也可以不这样含辛茹苦，不这样操心。但是，如此这般的话，你恐怕就要担心，在老公孩子以及世人的眼里，你不是一个贤淑的好女人，不是一个好母亲。你如果善良，你就不忍心。你如果好强，你就会不甘心。

所以，你如果想偷懒，你想逃避，把人生当做一次独步的旅行，一个悠长的假期，你就去单身。

不做单亲妈妈

打死我也不做单亲妈妈。谁要是引我往这条窄道上走，不管是男人还是女人，我就认定了他不是想害我，就是因为什么事情恨我，终究还是想害我。

每次看见婴儿车里粉嘟嘟的小孩子，心就会一下子变得好温柔，好柔软，好安静。

我肯定，如果我有孩子，我会是一个比较溺爱孩子的，软弱的母亲。

但是，我是不会去做一个单亲妈妈的。

不要孩子，其实是因为太爱孩子了。从自我的挣扎里，已经感知一个血肉与灵性的生命，成长的每一步的付出与承受。

一个孩子的生命质量和重量，只有在充裕着很多很多爱的花房里才能茁壮成长。我一个人所能给予的阳光雨露，或许只够他喘口气儿的。

我的不丰满的心力，或许一不小心就培养出了一个天才，或许一不小心却培养出了一个庸才。

做天才的妈妈很累很辛苦，而且，概率很小；做庸才的妈妈，很可耻，而且，概率很大。

如果中了头彩，我生出的孩子是个天使，我会好害怕。人类生活的地球越来越不绿色。战争，瘟疫，洪水，地震，风暴，生态恶化。每一样都致命，我可爱的小天使会不会像已经被灭绝的恐龙那样，终有一天被夭折？

如果我的孩子是个魔鬼，我会好羞耻。世界已经一天一天地坏下去，我岂不是在助纣为虐，加速世界变坏的进程？难道我要像电影里的英雄妈妈，把做了叛徒的儿子一刀结果在膝下，然后自己也因为绝望而抹脖子，或者苟延残喘，躲在一个阴暗的角落里，任绝望的老鼠啃噬我寂寞的心？

不好，不好。所有的关于单亲妈妈的美梦，到末尾都成了恶梦，让我警醒。地球已经超载了。我的生命轻如鸿毛。如果有一天，我在人间的气数尽了，我愿意挥一挥衣袖不带走一片云彩。但如果，我有凤种或凡胎遗落人间，我到了天堂，也会伤心落泪的。

而且，最关键的是，这全部的磨难，全部的痛苦，却只是我脆弱的一颗心去承受，是我羸弱的一副肩膀去担待。你说我怕不怕，你说我怨不怨？

造人是危险的工作。

差不多被很多小女人奉为教母的张爱玲是不主张造人——生小孩的。她的第二任丈夫是个美国人，他们曾经有过一个孩子，但张爱玲没有要。以美国的福利，张爱玲如果选择做母亲，也不会太艰辛。

她却是想得明白。她说，多半他们长大成人之后也都是很平凡的，还不如我们这一代也说不定。即使你慎重从事，生孩子之前把一切都给他筹备好了，还保不定他会成为何等样的人物。若是他还没有下地之前，一切的环境就是于他不利的，那他是绝少成功的机会——注定了。

聪明的她，很知道自己的观点或许会被人视为“缺乏人性”，尤其是没有伟大的“母性”。所以，她又很明白地说，自我牺牲的母爱是美德，可是这种美德是我们的兽祖先遗传下来的。我们的家畜也同样具有的——我们似乎不能引以自傲。

一条鱼产下几百万鱼子，被其他的水族吞噬之下，单剩下不多的几个侥幸成为小鱼。为什么我们也要这样地浪费我们的骨血呢？

做一个常态下的双亲妈妈，尚且要有覆巢的危险，何况做单亲妈妈呢。

她的危险系数是多少，谁能够告诉我？

当女人从书房走到客厅，关于单亲妈妈的想法，有时候会模糊。

因为，一起疯疯癫癫的女友，陆续失踪了。再冒出来的时候，她尽量不露声色，故做平淡地告诉你，她结婚了。

等到她下一次来敲你的门的时候，你发现她已经是两个人。一个分不清是天使还是魔鬼的小家伙，就跟在她的身后，踌躇满志地走进你的客厅。要吃的，要喝的，然后就在你的地板上撒尿。

别人的孩子抱在手里的感觉，就好像是捡了个超级大西瓜，特沉。他妈妈阿树却是轻轻一抓就起来。她说，等到孩子上小学的时候，她就可以去干举重运动员的行当了。孩子每天茁壮，她的臂力也是与日俱增。

小孩子好似圆鼓鼓的胖皮球，在我的地板上滚来滚去。两个小时内，他撕烂了一本杂志，砸碎了一支塑料圆珠笔，吃掉了N粒果冻，一个蛋糕，一个苹果，一瓶酸奶，三颗巧克力。撒了两次尿，哭了一次，笑了N次。等等。像个可爱的小怪物，看得我眼神都发直了。心想，有个孩子也是好的啊。

可是，一低头，却又发现阿树的裙子上有个小洞。我笑她，不敢穿好衣服了啊。她不以为然地笑笑说，不是不敢穿。是没有合适的穿。以前的嫌瘦，穿不了了，再买，却不肯再投资买好的。钱都拿去给儿子买美国的屈氏奶粉了。孩子的入托费、营养费就不必提了，七七八八的花费，入不敷出，逼得她每月的月底做家庭开支明细账，算不过来，就哭。再想想孩子以后的教育费什么的，头都大了两圈，就跟老公恼。老公说，你还敢跟我闹，我每天起早贪黑地忙，还不就是为了养活儿子和你两张嘴。我都快累趴下了，你还想干吗？

我问，你们算过没有，一个孩子从生下来，长大成人，大概要多少银子的预算。

她说，早算过了。豪华版的孩子要100万，小康版的孩子少说也要30万的。我因为生孩子辞职了。老公的年薪也就——嗨，小职员的薪水能有多少，不说你也知道。

我翻着白眼，叹气说，你知道，小敏做单亲妈妈了。她的日子怎么过呢。

阿树说，你不会是眼红小敏了吧。我警告你，你如果账户上没有100万的银子垫底，千万别去玩什么单亲妈妈的角色。你以为好玩吗，孩子长大了百分百会恨你。恨你，还会轻视你。儿不嫌母穷的有几个？

当然喽，如果有人帮你养，比如说傍一个千万富翁什么的——阿树笑得很坏。不过，为了孩子去做神女，这笔账，我知道你是算得过来的。你这么冰雪聪明，不会是看电视连续剧看坏了脑子了吧。而且，我看你，好像本钱也不够。不漂亮，不风情，也不会来事儿。你早十年有如此打算，说不定还有人肯上当。现在的话——

我打住她的话，你的意思是说，我还不够资格做个单亲妈妈？

一个男人，一个女人，原本只是想造爱，却总是一不小心就造了个小孩出来。

在这方面我不谦虚地说，我没有直接的经验，却是有大量的间接经验。结婚甚至未婚的女友，促膝夜谈时，总会以低语描述她曾经经历过的，冰冷的手术台上的冷酷。一次，二次，甚至三次。恐怖的经验，在我——一个具有强烈感受力的女人，一份恐怖就被放大成双倍的恐怖。

于是，差不多每个想走进我卧室的男人，都被我看成是潜在的，想置我于死地的敌人。我自然是百般刁难，像苏东坡的妹妹苏小妹那样，对所有来犯者，步步设防，层层把关。

其中一个关卡就是试探。比如，对一个我心仪的但不凑巧，比我小5岁的男人，我说：你看，我是爱孩子的女人。万一，你只想跟我玩，却玩出了孩子。你想一走了之也是可以的，但我一定会把孩子生下来，含辛茹苦把他拉扯成人。居心叵测的话说完，我就密切关注他的反应。

他咯噔了一下，然后不紧不慢地说，要是真有了孩子，那就结婚吧。哪能让你一个人做单亲妈妈。你愿意，我还不愿意呢。我不能想象，我的孩子，却在一个与我完全无关的环境里一天一天长大成人。

我心中暗喜，并且瞬间对他肃然起敬。一个大男人呢，大男人的思考方式，大男人的气度。但其实我是输给他的。因为，以后的欢爱里，他比我更小心。他根本就不让我有做母亲的可能。也就是说，有一点我是试探对了的，他只是想跟我玩，不想结婚。

其实，即使他敢，我还未必就敢。与一个比我小5岁的男人谈婚论嫁，不等于玩火自焚？但他既然存了这份戒心，我也就每天自动降温。半年后，我们就面无表情地不再往来了。

有时候，昏了头，也会对有妇之夫钟情。因为，他除了有老婆之外，处处都很合我的心意。于是，我也试探他。谁知，他一听“单亲妈妈”这个词，刹那间就变了脸色，好像我在预谋，要在他的身边安放一个定时炸弹。我就明白了，他只是想有一场艳遇而已。

而我，是不想成为别人的艳遇的。我很干脆地把他辞退了。尽管，心里是不忍的。他是那么的优秀，而且，英气逼人。可是，如果一开始就定位在艳遇的基础上，那样的游戏不好玩呢，至少现在我还不打算玩。

不过，有一天，大跌眼镜的竟是我。一个也是老来敲我门的男人，在我的试探面前，简直是大喜过望。他说，好啊，我一直盼望有这样的好运气呢。在这个人情淡漠的世界上，有一个女人，却因为爱我，给我生了一个儿子（女儿也行）。我会经常来探望你们母子的。而且，你知道吗，私生子大都很聪明，很有出息的。日本的山口百惠就是私生女呢。说不定我将来还能靠他（她）来养老呢。

那天，幸好，我很饿。虽然胃里翻江倒海，终于还是忍住了。我皮笑肉不笑地说，大概男人都做一妻一妾的梦，都想享齐人之福。不过，我听说，你的太太可是很厉害的。

他，立马转喜为忧，理想破灭了，现实终是残酷的。齐人的美梦也就做了三分钟。

我再没有兴趣约会他。

而且，从此在心里给自己立下了规矩，打死我也不做单亲妈妈。谁要是引我往这条窄道上走，不管是男人还是女人，我就认定了他不是想害我，就是因为什么事情恨我，终究还是想害我。

寂寞桃花

今年的三月，我夜夜到梦里追逐那个求我嫁给他的邻家少年。夜半时分，梦醒，我拉开纱窗，月影飘忽，盛开的桃花树，恍惚是一位白衣白裤的美少年。

今年的桃花都疯了，在我的窗外，红红白白，似一朵朵蘑菇云飘逸在那里，远远近近，煞是好看。可是，每每我与她们擦身而过，浓浓的香，让我感觉她们好寂寞。就好像盛装的女子，早早地打扮好了，却没有人来约她们去跳舞。再过几天，花期一过，她们在伤感的三月微风里，花飞花灭花满楼，独自风流，然后香消魂散。

很想折几枝，放在书案上陪我。但是，我没有。因为，我知道，人比花寂寞。花草一秋，到明年这时候，她们轰轰烈烈地就又回来了。人，哪有她们幸运呢。

细细想起来，如果早做嫁的打算，我儿我女都已经在桃树下捉迷藏玩蝴蝶了吧。那个曾经伫立在我的窗口，一个劲地求我嫁给他的美少年，如今安在?

在桃花盛开的夜晚，我在梦里无数次与他相遇，我像儿时那样，一个劲地痴缠着他，求他爱我。可是，等到他真的爱我如痴如狂的时候，我却对他说，我要走了，走得远远的，再也不回来了。你不要等我，我会在你忘了我之前先把你忘了。而其实，年轻的我已经被另一个男子诱惑了。

那个体院毕业打排球的他，原是邻家少年，高大帅气，性情却出奇地温和。在我胡搅蛮缠的时候，总是近乎懦弱地陪着小心，却是一句重话也不敢说的。后来，有一次，姐姐让我给她看房，她要和姐夫一起回婆婆家几天。年少的我，内心狂野却并不知道自己究竟要什么。我鬼鬼祟祟约了他，我们在姐姐的大床上耳鬓厮磨。他是那样小心翼翼地宠着我，还可能是因为胆怯而不敢做什么。我们忙乎了半天，最后相依着睡着了，纯洁得像两只桃子放在一只瓷盘里，什么也没有发生。

相似的过程发生在另一次远行路途中。整个旅程，我们住一间房。但是，我们仍然只是口谈风月。而其实，我们是很为自己的纯洁骄傲着的，我们知道，我们是要结婚，是要白头偕老的。我们有的是岁月，有的是时间。

我们骑自行车游走，一辆单车，他把我放在前座上。娇小的我猫一样躲在他宽厚的怀里。我只要稍稍仰头，我们就可以在车速很快的情境下接长长的吻。以至于他把车骑得歪七扭八地，后面的人看着奇怪，等赶上了我们，发现了他怀里的我和我们的举止，才惊诧得什么似的赶紧走了。

乡间小道，大片大片金黄色的油菜花映照着的粉色紫色白色的桃花，更让我兴奋。在桃树下，在油菜花的垄沟边，我们相依着，看花，看落日，发呆。

多少年过去了，在我发现第一根白头发的那个深夜，我突然就十分十分地想他。今年的三月，我夜夜到梦里追逐那个求我嫁给他的邻家少年。夜半时分，梦醒，我拉开纱窗，月影飘忽，盛开的桃花树，恍惚是一位白衣白裤的美少年。

他，还记得我吗?

古丽雅的道路

这本被我小心地用牛皮纸包装和修葺好的书成为我少女时期的一个宝贝，是我寂寞虚无的灵性空间里的一个亮点。

很多年以前，我豆蔻年华。

似乎所有豆蔻年华的女孩，都不知道自己是如此地鲜活美丽，我也同样。没有美丽的概念，稚嫩的心灵也和那个年代同步，因为无爱而空虚，如旷野里空长年轮的小树。而至亲的父母对儿女的关注，也如旷野里的风，通常是凌厉而粗糙的。

但我却很神奇地拥有一个只属于我自己的小角落。这个小角落的所有空间，是一本从俄罗斯翻译过来的传记小说，题目就叫《古丽雅的道路》。这本书没有开头，也被撕去了结尾，却令人惊奇地配有十几幅那个名叫古丽雅的女孩微笑的照片。我之所以清楚书名是因为这本书的排版颇为讲究。

当然，这本散发着美丽和温柔的气息的书，原本并不是我们家的财产。父母亲是看报的，书却几乎不读。而我们房东老太太家里有着这样一本书，恐怕也是偶然的。

那天，永远是黑衣黑裤黑鞋，独居的房东老太太，同往常一样把煤球炉子拎到院子里生火，她曾经美丽，那时却只留下哀愁和皱纹的脸，在煤烟熏烤下痉挛成一团。她的五个儿女都被发落到边疆各地，而她最为宠爱的医科大学毕业的三儿，也被发落到新疆的某个小镇。

所以，每天傍晚时分，老太太就会搬一把小板凳坐在门口发呆。但她对院子里的小孩挺温和，至少，从没有像很多大人那样歇斯底里地嚎叫过。据大人们的闲谈，房东一家是破落的“大户人家”，在上海滩上曾经拥有至少五六个大店铺，好像还有工人和厂房。

房东老太生不着炉火，转身进屋拿出一本书，三两下撕了几页纸做“引火”，火苗于是就很旺。那本被毁容的书，就被她不经意地放在了小板凳上。在她再次转身的时候，小板凳上的书已经不见了。而当时在场的似乎就我和她两个人。

小孩子的眼神尖锐，那时还不认识很多字的我，离好远就能一眼之间看准了书上的插图是一个美丽女孩子的微笑。我没有办法抵御如此美丽的微笑。

以后的很长一段时间里，我都小心翼翼地回避着老太太的视线。直到我确信她已经不再记得有过这么一回事儿。

这本被我小心地用牛皮纸包装和修葺好的书成为我少女时期的一个宝贝，是我寂寞虚无的灵性空间里的一个亮点。

小说似乎是从古丽雅出生的那一刻讲起，但我看到的古丽雅一开始就已经是幼稚院里最受宠爱的小姑娘，穿着她妈妈给她做的碎花布的“布拉吉”。因为美丽和聪慧，她十六岁时主演了一部电影，成为当时很多少年人睡梦中的偶像。

但是，战争爆发了，无情的战争摧毁了一切，也摧毁了古丽雅明星的辉煌前程。古丽雅不顾妈妈的眼泪，和很多小伙伴一起到了前线。小说的结尾不是文字，而是一幅插图。古丽雅的墓上盛开着很多很多的鲜花。于是，古丽雅的如何生与如何死就成为我时常遥望天空的理由。

书中的字是很奇怪的繁体字，且是竖排。在当时读这样的文字，对我是一个不小的折磨。我之所以明了古丽雅成长的每一个细节，不是通过文字，而是她从小到大的十几幅照片。如今的我特别偏爱有图片的书，大概源之于此。

很久以后，我读大学，有了自己的一个书柜。以后，又到北京读书，三天两头逛书市。渐渐地，古丽雅仿佛是我少女时期的一个伙伴，停留在了那个年代。我甚至不能确定那本书是否还在我南方小城的老房子里。

就在几天前的一个初秋的日子，我去城西南的永乐小区看一位也是单身的女友。她一个人在京城走来走去，很久了，一直没有着落。她在电话里压抑着的哭泣，使我的心情也为之黯然。我强制她抹上口红，穿上衣柜里最漂亮的衣裙，走出她租赁的小屋换换心情。

出租车在宽阔的大街上行驶，两旁快速掠过的是令人神清气爽、绿肥红瘦的风景。

女友往日的豪气渐渐回转。她笑了，说，不知为什么，近来总有一种孤儿的心情在作祟。而其实，她出生在一个官宦人家。只是母亲热衷于打扮和麻将，从小她就像孤儿似的不常见到母亲。

接下来，她又说，今天

早晨她突然想起小时候特别喜欢的一本书。书中洋溢着的温情曾陪伴她度过了寂寞的童年。然后，她很自然地背诵了书的开头。

我骇然。她很奇怪我的反应的强烈。我们竟然同时说出了那一本书的书名。

《古丽雅的道路》。

时光仿佛在瞬间逆转。

待女友明白之后，也是骇然。世事的有常与无常似乎尽在其中了。

女友在我的要求下重复了书的开头。

坐看云起时

三十岁的女人如果不是天灾人祸，岂敢松懈半刻。即使人前笑谈自己老了，应该全身而退了，而其实心里面却是不肯承认自己已经行到了“水穷处”的。

一直不是一个很勤快的人。所以，小时候母亲经常给我讲一个懒女人的故事。原本是一则鞭打懒惰人的小寓言，在我听来却是别有意味。尤其到了人生过了三十岁，在一次忙得近乎绝望的时刻，我突然想起了母亲讲的懒女人，不由得心情一瞬间宽松了好多。

说的是有一户人家，生了一个胖女娃，人见人爱。可是，不幸的是，女孩子渐渐长大了，没有理由的，特别地懒。每天如果不是母亲催她，她是会酣睡终日不起床的。别人问她，你怎么能老睡呢，她说，我在做梦呢，一个接一个好梦，真不忍心醒来。

每天的上午，如果不是母亲规定她干一定的家务活，她就会在庭院的大树下，坐在小板凳上发呆，一动也不动。别人问她，你发什么呆呀。她说，我在听鸟叫，叫得这么好听，我不忍心不听啊。

到了下午，她手里拿了绣花针线活却并不忙碌，眼睛望着天空呆壳壳出神。别人再问她，她就说，云起云涌，飘来荡去的，真美呀，我是不忍心不看。

在夜晚，她喜欢坐在门槛上数星星，总也数不清，她就一晚一晚地数下去。而且，她已经无师自通地认识了好多的星座，为每个星座都编织了一个美丽的童话故事。

但是，不幸的事情还是发生了。因为她懒，家里人都不喜欢她，只有母亲宠护着她。那一次，家里人要出远门了，没有办法带上她。母亲就烙了九只大饼，串在一起，挂在懒女孩的脖子上。母亲叮嘱她说，一天吃一个，到了第十天，母亲就会回家来的。

可是，等到母亲回到家里来的时候，发现懒女孩趴在鱼塘边饿死了，她脖子上的大饼却还剩下六只，大概因为她懒得把挂在后面的大饼移到前面来。

母亲很伤心，因为她知道女儿是在看鱼塘里红黑的鲤鱼一条一条地欢乐来去，很美，懒女孩是不忍心不看的。

这个故事当然是夸张了一些，而且比起母亲的口头文学，我自作主张做了很多合理化的想象与加工。把故事说给一个女友听。她笑得前仰后合的，连声夸故事里的懒女人是个天才。

她自己在一家外企，几年前我刚刚认识她的时候，她还只是个普通员工，现在呢已经坐在了副总裁的位置上了，所谓一人之下，千人之上。但是，她真的也是不开心。她说，忙到这个岁数了，忙得心都空了。成了一个空心人。可有时候呢，又觉得自己的心是悬挂在半空中的，自己在花园公寓住着，可就是觉得自个儿的心没有一个妥贴的地方搁。所谓心安既是家，可是，这个家在哪里呢。她是文科出身，文学的修养一直很好。在她家书房的墙上，挂着一幅字：行到水穷处，坐看云起时。

她却苦笑，早已经习惯了每天往前冲，不停顿地往前走。一切已经抽象成数字化思维。而且，三十岁的女人如果不是天灾人祸，岂敢松懈半刻。即使人前笑谈自己老了，应该全身而退了，而其实心里面却是不肯承认自己已经行到了“水穷处”的。

因为，她说，我们必须自己烙大饼。

当紫藤花儿盛开的时候

梦想究竟为何物呢，居然能让这位前途莫测的小姐获得如此强大的内心力量。足可以让她两年如一日慢条斯理地弹着琴，而琴音不乱。

很偶然地，被女友邀请去看了一场日本人演的话剧《源氏物语》。是根据同名的日本古典名著改编的。读过原著的我，居然还是被剧情感动得一塌糊涂，唏嘘不已。编剧截取了原著的一个片段。讲的是一家没落贵族的小姐，爱上了类似中国的贾宝玉的一位世家公子。

话剧开场的时候，小姐已经苦苦地在破败的庄园里等了他两年。满目断壁残垣，贴身侍女也熬不住了，在月黑风高之夜接二连三逃走了。最后，只剩下了奶妈和她两个人。

与她们相依为命的，在众叛亲离时温暖着她们的，仅仅是小姐的一个梦想。她们坚信公子会回来的。

就在这关键的时刻，公子春游，无意中再次来到了小姐的庄园外面。此时，正是紫藤花儿盛开的时候，公子突然想起了两年前与小姐私订终身的那一个温柔之夜，紫藤花儿的芬芳是如何地沁人心脾呀。当然，公子也有可以原谅的地方。这两年他被朝廷贬职到了边疆，刚刚官复原位，却又面临新一轮的宫廷争斗。

公子的马在紫藤花下驻足，问侍从：小姐何去何从？侍从答，小姐如故。公子顿时潸然泪下。

当奶妈跌跌撞撞地给小姐报喜，说，他终于来了。小姐却被导演安排，定格呆立在那里。良久，她以粉扇掩面，自语，只因为紫藤花儿盛开了吗？如果公子没有恰巧路过，如果紫藤花儿还没有适时开放，我的梦想会是怎样？当然，最后，小姐还是在奶妈的劝说下盛装出迎。话剧也戛然而止了。

在我想来，导演想要改编的是一部关于梦想的话剧。梦想究竟为何物呢，居然能让这位前途莫测的小姐获得如此强大的内心力量。足可以让她两年如一日慢条斯理地弹着琴，而琴音不乱。

在梦想的温暖下，她的眼眸依然清澈似一湾深潭，她的发丝依旧光亮如黑漆。她的衣裳旧了，却仍然整洁如新。她的房子已经破了，可是仍然纤尘不染。一切只因为她有梦想。一个女人，尤其是一个单身的女人，可以一无所有，却不可以没有梦想。

不妨再来揣摩一下那位没落的贵族小姐与公子后来怎么样了。或许，他们从此过上了幸福的日子，掉进了蜜罐里，像小熊维尼那样每年都要闹几次牙疼。

或许呢，小姐一个人掉进了醋罐子里，日日独守空房等待不归的公子。但是，不管怎么，我想聪明的小姐都会重新建立一份梦想，来陪伴和温暖她自己。

welcom

第2辑　莲心

我们紧靠莲池的长廊坐着。女孩子之间细密的，与爱情有关的故事也就很自然地汩汩流淌了开来。一直到守夜的人提着灯笼过来，催人走。美如莲心的路灯，在我们的身后一盏一盏地熄灭。

爱你爱到神经质

在这个人情味日益淡薄的城市里，至少还有你陪伴着我。即使以后我比现在混得好，我也是不会抛弃你的，让我们一起慢慢变老吧。

有些爱是不能与别人分享的。比如一个女人对一个男人的爱，再比如，对我的宝贝银车的宠爱。

在我的眼里，它是银灰色的美少年。我对它朝思暮想三年，又含辛茹苦三年之后，才把它领回了家。几乎所有的至亲好友都先我而忧地为我算经济账，认为我买车是一种不切实际的虚荣。或者有人从安全角度为我担忧。其状态，真就好像我在与一个比我小好多的翩翩美少年颠倒痴狂，引来了众说纷纭。

而我的考虑其实很简单，人生梦想的大部分对我都还是水中月，镜中花，人性的七情六欲在我这里能够实现的也寥寥无几，那么，至少，我要在我买得起单的范围里稍稍放肆一下，有何不妥？这样想着，心情平静如水，躲进小楼成一统，与我的美少年过起了耳鬓厮磨相濡以沫的小日子。

我对它好，每每还没有到保养手册规定的里程，我就会提前把它送去做了维护。每次加油，我定要绕道走好远的路，为的是专门给它喂Mobil（美孚牌)的好油。遇上刮风雨雪天气，我尽量体谅它，不让它风雨兼程。有时几天不出门，我又很念它想它，就到停车场，招呼它，为它拂去浮尘。我还为它抱来漂亮的长毛绒小狗和黄绿相间的干花装点它陪伴它。至今，没有舍得开车走长途，旅途险恶固然是一个因素，但其实还是舍不得太劳累它。读到郁达夫的文章，曾经酒醉鞭名马，生怕情多累美人。我就想，他的“马”肯定是借来的或者租来的，而肯定不是他自己喂养的。是谁的，谁心疼呵。

它对我也很好。我一有空就给它擦呀洗呀，不停地与它说话沟通，培养感情。万物都是有灵性的，你怎么对待它，它就会怎么对待你。一点儿也不会偏差的。它陪我走了几万公里路了，帮我做了N件大大小小的事了，从来没有在关键时刻为难过我。在我的心理地图上，它甚至比我的有些朋友还要来得可靠一些的。无论是在荒山野岭，还是人群拥挤的地方，只要一靠近我的车，我的心就十分的踏实。我甚至觉得它会保护我。

很有趣的是，它居然还能帮我筛选朋友。别人帮我约见的男朋友，见了我这人或许没有什么特别的表情，但见了我的车，大体都有反应。一种男人是特别想跃跃欲试，甚至是想借走两天。这样的人，我告诉他，我的牙刷，电脑，相机，和爱车，都是不借的。他就会不高兴，我也就不高兴起来。另一种男人是突然之间变得不自信了，从此再也不联络我，我为他惋惜。但不自信的男人我也是不要的。

入夜，行驶在一马平川的高速公路上，我与它窃窃私语：真好，在这个人情味日益淡薄的城市里，至少还有你陪伴着我。即使以后我比现在混得好，我也是不会抛弃你的，让我们一起慢慢变老吧。

陪练的男人

江湖险恶，莫过如此啊。我放下电话，一身冷汗。因为，对他，在之前，我还是颇有好感的呢。

有了驾照，买了新车。但是，我还是一个零公里的驾驶员。必须有人送我上路。

我坐下来，把满满当当两本通讯录上的名册细细琢磨了一通，然后确定了一份候选陪练的名单。他们必须有二年以上的驾龄，有热心助人的好品德，还必须有一点空余时间。当然，还得是男性。女性与机器的疏离，注定她们中间少有行家里手。至少，在我的朋友圈里是如此。

打电话之前，先把自己的情绪与声音调整到最佳状态，毕竟是我有求于人。我告诫自己，即使被拒绝了也不能生气。

我预感到，验证我的魅力指数的时刻，终于来临了。

结果却大大出乎我的意料。原以为特别能指望的人，却坚决地拒绝了我。而原来并不寄予重望的人，却爽快地答应了。

比如，曾经交往过一年的亲密男友，他说，

你不是已经有驾照了吗，你也考过交规了是吧，路上不是有红黄蓝黑的指示路牌是吗，那你照着开不就得了。我忙着呢。

这样的人，我想，我没有托付他终生，真是明智之举，要不，下半辈子幸福的人生计划，肯定全砸锅了。当然，我体谅他，他一定很恼火我离开他以后的日子越过越红火，居然自己开上车了。他心里一定不好过。

再比如，一位别人的老公，一直打我的主意已经很久。但我一直疏离他，没有往他想的方向走。我想，这次他一定会喜出望外，我终于有求于他了。他终于有机会与我近距离接触培养感情了。但是，居然连他也拒绝我。他沉吟良久说，对不起，我在外地。

但我知道他不是。他只是喜欢与期待温柔之乡里的风月之事，其他，他一概没有兴趣，当然，更不愿意有半点付出。如果是这样，那我如果成全了他，岂不就成了他的应召女郎了吗。江湖险恶，莫过如此啊。我放下电话，一身冷汗。因为，对他，在之前，我还是颇有好感的呢。

最后，有三位我原先期待并不高的朋友，先后陪我练了几天。他们无条件的友善温暖了我受伤的心。

中间小憩时，我问他们为什么愿意帮我。一个说，既然你想到我，开了口了，你一个外省女孩子在北京混到今天不容易，亲戚朋友也不多，再说了，不就是练练车，我能拒绝你吗。一个说，你看上次的事情，你帮了我大忙，一直说要谢你，这不机会来了，我还巴不得呢。

还有一个朋友说，哪是我陪你啊，是你陪我呢。这里风景特好，要不是你，我能到这里来散散心吗。

都是车子惹的祸

被我抛在夜色里的三个人，肯定十二分地恨我。但我逞不了英雄只配做狗熊，恨就恨吧。

女友阿岚从加拿大回来，约了几个朋友聚聚。

酒足饭饱之后，有人提议到他的新居去喝茶。一窝人到了饭店外面，居然只有我是开车来的。阿岚说，也没有多远吧，也就两三站路，挤一挤算了。

我还没有反应过来，他们六人就已经码进了我的车。其中两位男士，人高马大重量级的。我的车和我的心，立马沉下去一大截。我的心要流泪，我的新车，当时还是开了不到五千公里的新车啊。

但是，我面软。我能说什么呢。把他们统统赶下去？我说不出口，更是得罪不起。超载的车缓缓而行，我的心七上八下地，很不是滋味。到了那个朋友的新居，23楼，我只觉得高处不胜晕的不安生。所以，坐了不多久，我就告辞了。不想，阿岚三人也说要走。我心里暗暗叫苦。

已经是子夜了。他们三个人加上我，分别住在北京的四个方位，我要逞英雄的话，大概过了午夜两点才能回到自己郊区的家。而且，谁来保证我的安全呢。没有办法，我只好找了一个借口，溜了。被我抛在夜色里的三个人，肯定十二分地恨我。但我逞不了英雄只配做狗熊，恨就恨吧。

晚上却是没有理由地失眠，只觉得自己委屈。一夜无眠得出了一点做人的体会是，要么做一个彻彻底底的好人，要么做一个同样彻底的坏人，如此才能高枕无忧。否则，如我等，好得不够彻底，坏也不够彻底的人，就只好一次次地自我折磨。

没有多久，与阿岚相约去看一个展览。阿岚说，你来接我吧。我算了算时间与路程，说我不来接你，但我肯定送你，成不？到了会场，阿岚就不怎么理我。末了，她忍不住说，我对你如何，你心里有数，可是，你对我呢？言毕，拂袖而去。

那天晚上，我又得到一个失眠的自残。第二天，我打了几个电话，给曾经接过我，送过我，开车带我出去玩过的朋友，一一表达了我最由衷的感激。我说，我有车了，我才认识到你曾经为我做的一切是多么地慷慨，多么地友善。我不如你。真的。

买车一周年的时候，我一个人坐在家里默然。车轮滚滚，世界是变小了，可是，我的朋友也变少了。

飙车也风流

我经常梦见自己的四轮驾车，飞一样在空中倏忽而过，鸟一般自由。这是不常出现的好梦。每当这时候，我都说，飞下去吧，永远也不要醒过来，永远不要。

飙车的快乐， 好比是男欢女爱，是绝对的高峰体验。个中的滋味，只可以意会，很难言传。甚至结局也是相似的，疲惫不堪的身和心，在瞬间的极致的快感之后，是完完全全的放松。有实实在在的痛，更有实实在在的快乐在其中。把自己置于一个万劫不复，大难临头的绝望当中，然后享受劫后余生的快感。

还没有买车的时候，特别地同情一位家住远郊的女友。她是一家网站女性频道的主编。平时做事非常风格化，做人也很随性。但她的工作必须每天朝九晚五地来来往往，在我的想象里真是负担。这份真诚的同情心却招来她的恣意嘲笑。

她说，如你这般谨慎胆小的人是不懂的，我说了你也不会明白的。每天下班回家，尤其是午夜时分，从酒吧里出来，酒喝到七八分的微醺状态，路上人车寂寥，而月光如水。呵呵，正是我期待的，心花怒放的好时光。我一人一车狂飙，呼啸而去。那个爽啊。回到家的时候，我一天的辛苦已经被我自己释放得差不多了，冲个热水澡，倒床而睡。我经常梦见自己的四轮驾车，飞一样在空中倏忽而过，鸟一般自由。这是不常出现的好梦。每当这时候，我都说，飞下去吧，永远也不要醒过来，永远不要。

我问她，第一次飙车是在什么时候。她莞尔一笑。女人么，其实工作压力算不得什么。最烦心的当然是把终身托付给谁的大问题。男怕入错行，女怕嫁错郎啊。在我第N次对一个男人失望的那天，我想死的心情都有。原因是我真的很喜欢他，而他却和以前所有的男人一样对我撒谎。

约他过周末，他说要去香港出差。结果我和女友去一个俱乐部解闷的时候，却看见他和一个靓女在一起很亲密的样子。还是我女友发现了提醒我的。我当时就愣呆了，手脚冰凉。我没有说话，第一反应是我怎么这么傻，智商怎么这么低。这是一个我一心想谈婚论嫁的男人。我们虽然还没有住在一起，但假日的时候我们经常结伴去旅行，住情人旅馆。我没有像很多厉害女子一样马上冲过去，怒气冲天质问他一番，或者笑嘻嘻地过去拿定他，要让他难堪。

没有。我只是冷静地退出来，开上自己的车回家了。在高速公路上，我突然把车速开到200迈。心说，今天死了，我也认了。这个世界上的男人如此地不可靠，充满了谎言，女人还有什么幸福的希望可言呢。死了算了，至少心不会再痛。

但是，没有任何意外发生。被我甩下，两旁呼啸而过的大车小车喇叭轰鸣在表示着他们强烈的不满。我才发现，有惊无险、劫后余生的快感是如何地爽气。以后，我热恋或者失恋，或者没有恋爱的所有时候，只要我想，我都去飙车，只图一时的痛快。像抽鸦片一样，很过瘾的。是我对庸常生活的一种反抗。是对我不快乐人生的一种叛逆。

等到我自己买上车，手触摸到方向盘的同时，就有无数的人告诫我：要慢，车速要慢，宁停一分，不抢一秒。任何时候都不要忘乎所以地去飙车。命若游丝，你自己尊重哦。说得我感觉开车都成了一件颇为悲壮的无聊事情。

而其实，规劝一个手里有方向盘的人不去飙车，就好像规劝自己的年少英俊的老公不要有艳遇一样，是痴心妄想的事情，完全的不可能。说了也白说，还不如不说。

北京的交通太堵了，我相信已经是北京的公害之一。从写字楼的地下停车场出来的那一刻就开始堵，长安街堵，二环路堵，好不容易三五米一挪地儿，挪到了三环路，还是堵。车厢里外都让人神经质地嗅到了汽油没有充分燃烧的余味，心里就更堵得慌。因为感觉特别对不起自己的车。车子只有跑起来，车速到了60迈以上，车况才是滋润的。

所以，一旦挨到了四环，进入高速公路之后，人和车都为之精神一振，一爽。几乎是本能地，能开多快就多快。前后左右车子稀落的情况下，更是放肆撒野。或者自己高歌，或者放一盘许巍的《时光漫步》，心情就没有理由不阳光灿烂心花怒放了。到了家门口，泊好车，一看表，呵呵，今天只用了多少分多少秒冲回了家，如果比昨天快了多少分多少秒，心情就更爽了。

不过，我的那个女友说得对，我虽然做着横空撒野的流行文化，骨子里却是天生胆小、双倍谨慎的小女人。所以，下班的高峰期，即使高速公路上，独我一车，我也是在刹得住车的安全范围里飙车。不能不飙车，但飙车是很节制的。

完全放开的飙车，是我心情不爽，而时间却很丰沛的情况下，驱车进入五环。五环新修的高质量的宽敞大道，平日里车很少。在午夜时分，几乎就是通向罗马的康庄大道啊。

那就飞吧，想怎么飞，就怎么飞。想飞多快，就飞多快。车是定时保养的好车，油箱里是满满当当昨天才加满的美孚牌好油，没有酗酒，大脑清醒得足可以体会车子加速时的马达欢腾声声。还要想什么呢，什么也不必想了啊。人是时空里的生物，在自己能够把握的，加速的，超速的，非常态的时空里飞驰，鸟一样自由飞驰，怎么能没有快感？

有时候幸运的蘑菇云降临，前面是一位靓男驾驶的好车，你三下五下就把他甩去了好远，那份不言而喻的快感，真真是做鬼也风流，又好似凤凰涅槃。呵呵。

开车闯祸的惨痛经历只有一次。那次的全部理由却是我心情不爽，不是一般的不爽。偏偏就有那么一个不知好歹的男人在这时候惹恼了我。

在三环上，快到航天桥的出口处，我稍一犹豫，一辆白色的本田就气汹汹急猴猴地从我车边擦身而过。我的车耳朵已经被他碰歪了几公分。肯定留下了擦痕——太过分啦，换了平时，我会文雅地骂他老娘一句也就过去了。自己可怜兮兮地找个安全岛把车耳朵扶正了，认倒霉算了。可今天我不干。他连最起码的，摇下车窗表示歉意的意向都没有。这个混蛋我坚决不能放过他的。

我一路狂追。等他察觉我的不善之后，他居然依然藐视我。把车开得忽忽悠悠，在快车道与慢车道之间晃悠，他一定是想甩了我，或者把我晃晕了撞了别人他好乘机开溜。此时此刻，我真正是被这个超级混蛋气爆了。我使出我的浑身解数，鼓动起全部的意志力与他斗了好几个回合。他肯定知道我已经发了狠心了，又见短时间内不能消灭我，就惶惶然转道辅路，紧接着又拐进一条胡同，开始他的三十六计走为上策，落荒而逃了。

其实，他正中我的下怀呢。以我的车技，要在三环路上与他斗勇，时间长了我一定不是他的对手。而且车水马龙，很容易误打误撞。但是，到了胡同里，他能逃到哪里去呢。

果然，七拐八拐之后，他拐进了一个死胡同，前面是墙壁，后面是我这个女妖，他沮丧地把车停了下来。我一琢磨，凭感觉他是一个不讲道理的猛男，而我再怎么凶也就是一个手无缚鸡之力的孤身女子，讲理是没有可能的，说不定他的一个拳头就能把我打成残废。怎么办呢，就这么轻易地把他放过了，我怎么能出胸中的这口恶气？在短短的几秒钟里我没有万全之策，只好发了狠招，踩足了油门，对准他的车屁股就很狠地冲了过去。

然后，我就逃。倒着逃，出了胡同口，掉转车头，嘘了一口气，刚想放松，却见不远处那辆受伤的本田已经守在那里了。一个高高大大的男子拉开车门站在那里。因为远，又是暮色时分，我看不清他的表情，但可以感觉到他的冲天怒火。我倒吸一口凉气。

看来他很可能是北京土著人，这里的地形和人缘都对他有利，我是斗不过他的，现在想逃已经晚了。想退一步海阔天空也没有机会了。我还是先保住小命再谈其他。我有办法让自己全身而退，只是恐怕得出点血费点修理费了。唉，只当是破财消灾。想明白了就不再犹豫，紧急呼救120。

首都警察的效率还真是高。没有几分钟，一辆警车呼啸而来。我还没有来得及告状，警察就气势汹汹地对准他吼了几句。大意是，你怎么如此不小心，撞了人家女士。要不是你捣乱，我都已经下班了。呵呵。

我特兴奋，赶紧把话头接过来，当然只说前半部分的情节，不说我故意撞他的后半部。说完了，我就小心看着他，心里直打鼓，随时准备反击他。却见这位先生灰着脸沉默了半刻，豁然开朗地笑了，整个一好男不和女斗的神情，径直对警察说，很对不起，是我着急去机场接人，没想到一不小心就撞上了。说完了，他就居心叵测地看着我，笑吟吟的。我怀疑自己听错了，哑了口。那个警察老头一看肇事者自己承认了错误，对方又不再说什么，赶紧开了单子让我们签字画押，然后他就着急下班走了。

暮色里，忍不住，我轻轻笑了起来。他，临别前居然风度很好地挥挥手，抛给我一句话说，你很厉害啊。改天我请你吃饭吧。呵呵，好爽。

相爱时吃草

相爱的心灵一定是息息相通的，终有一天她爱情的能量会传递，会到达他的心尖，那么，他是选择紧紧地拥抱还是转身离去，她愿意让他自己作出决定。

这两天，我家的电话经常占线。不是我在甜蜜地煲电话爱情粥，而是我在被动地倾听同住一个小区的女友的甜蜜心事。她，正在空前地，遭遇着一场缠绵悱恻的感情大戏。所不同的，这次她的爱情性质是食素动物版的草本爱情，而她以前的爱情大戏统统都是食肉动物版的弱肉强食的生死搏斗。

她习惯调侃地称之为感情大戏的，实际上却是一场场真人秀。因为已经做邻居有三年，她的百分百投入的感情大戏我已经听过也看过几出，真是替她累。每次不闹得刀剑铿锵，反目为仇，她是不善罢甘休的。末了，却都是落荒而逃，到深山的寺庙里修身养性几个月后，方敢出来重新做人。呵呵。

但她这次感情大戏，传递给我的信息飘溢着青草，鲜花，以及檀香的安详。她说，他并不知道她在喜欢他。但她并不着急，她恋爱的心情从来没有如此安详过，她愿意悄悄地守护在一旁。因为同处一个办公室做同事，难免有点摩擦什么的，他急，她却不恼。即使他暴跳如雷，她也是安静地微笑，等待着风暴的过去。她说，她在心里每天供奉了一束鲜花，祈祷上苍明白自己的心意，然后就让岁月平平淡淡地就这么流淌过去，无病无灾，没有炮火，也没有疫情，而她却能够每天近距离看到他，这就行了，足够了。呵呵。

在她一次一次诉说的时候，流露出来的真情实意已经把我感动得一塌糊涂了。我甚至想着怎么能帮她一把，加速她的爱情的进程。她却不肯。她觉得，相爱的心灵一定是息息相通的，终有一天她爱情的能量会传递，会到达他的心尖，那么，他是选择紧紧地拥抱还是转身离去，她愿意让他自己作出决定。而为了身心的洁净与虔诚，她的一日三餐，真就也素食了起来，不肯沾一点荤腥。真正上演一出本世纪的草本爱情大戏。

她的故事让我想起了著名演员秦怡的爱情态度。30年代，在香港，她和明星金焰结为连理。但金焰却永远是一个长不大的超级大男孩。一天，两个人原本好好地在大街上牵手漫步。当时的香港，有轨公交车都是敞门的。突然间，金焰飞奔起来，追上了刚刚过去的一辆公交车。他居然就有本事从一辆车的左门上，右门下，再横穿马路追到另一辆公交车，跳上再跳下。他乐此不疲，转眼就没有影了。

秦怡却在后面，踩着三寸高跟鞋，空叹。无奈，她只好回公寓里坐等。完全没有脾气地等，手里不紧不慢地给金焰织毛衣。等啊等，等到后半夜，玩累了的金焰回到家，也不理她，自己倒床而睡，一夜无梦，睡得很香。后来，回到了上海，金焰依旧好酒，酒后的功夫也登峰造极了。他会在房梁上不停地转圈。秦怡非常非常着急，想喊，又不敢喊。因为怕吓着了他摔下房梁。秦怡就只好跟着他的脚步声转。金焰在房外梁上转，她呢，就在房内梁下急得团团转。等金焰酒劲过去了，再问他，他只是不信自己竟有如此的好功夫，一概不承认。呵呵。

很多人不知道，在银幕上风姿绰约的秦怡，在生活里是如此地安静祥和地出演一个妻子的角色。包括到了晚年，这么活泛的一个金焰，他的后半生几乎是躺在病床上度过的。而秦怡扛着命运给她的一切，温情脉脉地做着自己该做的事情，不怨天也不尤人。

只是不知道，秦怡是否也曾素食过？但至少，在爱情的态度上，她选择的，也是草本的爱情观。不要争吵，不想占有。只要理解，只想终身相守。

爱情的门槛

爱情是一只活蹦乱跳的野兔子，谁知道它会不会在哪棵树下停留一生。他不能预料，其实我也不能，但我却要求他作出某种虚拟的承诺。他是诚实而真实的人，他于是选择了退却。我却因此，让爱情的兔子从我家的门槛前溜过去了。

爱情的门槛不要定得太高。这是我的一位资深女友经常告诫我的话。

可是，我却冥顽不化，总想着有朝一日，与一位面面俱到的优秀男子，一见钟情之后，不费什么力气就步步莲花，进入感情的理想状态。从此，一劳永逸，结婚生子，无波无澜，白头相守。

其实，我的期待是世间女子的一个普遍的梦想，也没有什么错，大方向是绝对正确的。只是，在现世真实情感际遇里，很有点乌托邦的味道。对一位左手理想主义，右手现实主义的当代女子来说，目光一定要远，姿态一定要低，方能成就人生的爱情与婚姻之大业吧。呵呵。

可惜，这点深刻的觉悟，是在我独守空房若干年之后才有的。实在是太晚了，白白虚掷了多少年的花样年华呵。尤其是，今年春天的一场未遂的艳遇，彻底让我痛定思痛，午夜惊悚，惆怅不已。

出差南方，因为工作关系与一位帅哥共事三天。临别的晚宴，他悄悄递给我一个礼物，他看着我打开，是容祖儿的最新CD

《独照》。然后，他对我说，我喜欢第6首。我答应一声，没有细看就收进手袋里。

晚上回到宾馆，想起来了，再看他强调的第6首是什么。歌名却是：等不及爱上你。我的心情马上哗哗哗地流水一样充满了喜悦。虽然，我并不认为他是在表白，是真的已经爱上我，只是认为他对我很友善的一种表示。共事三天，我们有不完整的，随时被打断的交流，却是默契的。言语与眼神顾盼之间，也有温情。

但是，不自信的我，也只认为是一位教养很好的男子在表现他的绅士风度，如此而已。另外，潜意识里也认为两个城市之间的一个男人和一个女人之间的邂逅，再美妙，总是不切实际的。所以，并没有往深处去细想。此时此刻，他的电话也来了，问有没有兴趣出来宵夜，因为第二天就要告别了。

很可惜的是，我已经约了当地的几个文友一起聊天，也想把他一起约上，又觉得不同圈子里的人，或许不是很妥贴，就算了。他很沉默地挂了电话，想必是不开心的。第二天，在热闹的候机大厅里，他突然出现了，径直向我走来。我的心情马上又哗哗哗地流水一样喜悦。

再次告别后，我的手机短信提示频频直爆，他在问我，能不能在这个城市再多待几天？他就在门口等我。可是，播音员都已经在提示，催促我上飞机了。我选择了离开。但在飞机上扬的那一刻，我突然满心悲伤，预感我不会再见到他了。等到着陆京城，我已经被忧伤击垮了，无精打采。但是，他的电话却又追来了。

从那天开始，我们每天电话与短信碰撞，外加电子信箱传递情书。因为他，我每天6点起床后的第一件事情是打开电脑，给他留信。第二件事情是换上运动装去楼下跑步。因为他无意中说我有点胖。我就发毒誓一定要在他7月底来看我之前，把体重减去10斤。每天晚上，如果不与他说几句话，我竟然会整夜地失眠。很久没有过的情绪波动，却已经真实地在涌动着。

但是，在他就要预定飞机票的时候，我突然陷入叶公好龙式的不自信，十分慌张起来。我给他写了一封长信，大意是，如果我们到此为止，我们至少成就了一段浪漫；如果你来了，又走了，终究只是艳遇一场；如果我们从此结盟，白头偕老，那我们就创造了一个现代传奇。艳遇我是宁肯不要的，而传奇是要经历千辛万苦的，你想好了没有？

他沉默了两天，终于没有如约而来。现在冷静下来检讨我自己，真的是我家的门槛太高，我给他的压力远远超过了他所能承受的。他还没有准备好。他恐怕永远也不会准备好，因为，爱情是一只活蹦乱跳的野兔子，谁知道它会不会在哪棵树下停留一生。他不能预料，其实我也不能，但我却要求他作出某种虚拟的承诺。他是诚实而真实的人，他于是选择了退却。我却因此，让爱情的兔子从我家的门槛前溜过去了。

呵呵。我等的人终于没有来。

双人床上的竞争机制

她和他相对而坐，低头喝汤，间或微笑，轻言细语。默契的样子说明他们的情史已经到了稳定期。

一个孤寂冷清的冬日下午， 太阳遥远 ，风却很大。

我转了常去的那家书店，又到对面的音像小店淘碟。钱包瘪了，背囊重了，暮色也下来了，手机始终沉默。没有人想起我，男人，或者女人。我已被人遗忘。这个周末又得我一个人扛过去了。呵呵。

喂自己一餐简单而有营养的两菜一汤吧，我要去经常光顾的那家川菜馆消磨一个半小时再回家。落地窗下，集聚的灯光和热气暖融融的。

我抬头定神，刚想推门，却是一个不大不小的诧异。我的一位亲密女友和她的情人在里面。她和他相对而坐，低头喝汤，间或微笑，轻言细语。默契的样子说明他们的情史已经到了稳定期。而上个周末，我去看她的小孩，她和老公琴瑟和谐的温情还曾让我这个单身多年的女子渴望不已呢。

而如今，我对她的艳羡加倍了。因为她比我原以为的更优秀。左手老公，右手情郎。谁都以为她是他的唯一，谁都坚定不移地肯定，自己是她的最爱。

过了几天，我约了她喝茶。她很开心地在那里大笑，对我的“恐吓”毫不在意。我说，我掌握了她的一级隐私，她要不赶紧悬崖勒马，我就到她老公那里“揭发”她。她老公也是我多年的朋友。看着他被蒙骗，我还真心替他抱不平呢。

不料，她却是爽快。说，如果你真想做一只报告坏消息的黑乌鸦，你尽管去。我还要感谢你。当然，我可以选择不承认。只要不是捉奸在床，你能奈何我？但是，我不会。我还巴不得你去告密，因为，我对维持这样的平衡也有点累了。

她揣度地看着我，一字一句地说，我还可以告诉你一件顶级秘密：我的老公知道我的事情。每一次约会他都知道。但是，他选择了沉默，他每天都假装不知道。

为什么？我不能相信。

因为，他——是他的上司。

他知道，如果他捅破了窗户纸，他要发作的话，他高薪的职位和漂亮老婆就都丢了。他还没有准备好。我只是在等着他准备好。我已经等了好久，都有点烦了。

我在想，如果他一辈子都在准备之中，我是否有耐心等他一辈子。当然，他或许是侥幸，他以为我的这次出轨也同过去的两次一样，只是女人买了一件新衣裳，新鲜几天就过去了。但这次不一样，我和他（情人）在一起的时候，从心智语言到身体语言都有知己感，棋逢对手的感觉第一次那么强烈。他也是。

显然，我的样子受了惊吓似的，又呆又傻。对面的她忍不住哈哈大笑。我怎么看你像一只受惊的呆鸟，特别想拍拍翅膀飞走，又不敢动。害怕了吧。我还要告诉你，你那天在饭馆的窗外傻傻的样子才真是好玩呢。瞠目结舌，一张突然遭遇了大灾难很无辜完全没有心理准备的脸。我想叫你来着，但真的觉得你很弱智，怕吓着你了——

不过，也许我对我老公的估计是错的。其实他才是真正的受益者。最近，他在床上的表现出乎寻常地好，好像跟谁决赛似的，有一股狠劲。我都快招架不住了。看来，有竞争才有进步，竞争机制的建立在任何领域都是必要的。

始终如一是你的运气，也是福气

执子之手，与子偕老。换句话说，是你在一个正确的时间里，遇上了一个正确的人。然后你作出了一个正确的决定，从此开始了你一辈子正确的生活。

就好比是一只幸福的米老鼠，一落地就掉在了一只硕大的米囤里。有些幸福的女人也是天生的好福气。

花样年华，该谈恋爱的时候，她躲也躲不掉地撞上了心目中的白马王子；

初恋的感觉，甜美如八月的水蜜桃。或许还有一波三折的痴缠，然后在一个有月亮的晚上羞答答地允诺了白马王子的求婚。

接下来是花好月圆。不久，琴瑟合弦的两人世界又锦上添花，一个天使般可爱的金童或者玉女，是他们盛夏的果实。

不可避免的人生准中年快要到来的时候，老公已经事业有成，夫妻举案齐眉，感情笃厚。孩子健康生动，是一棵每日茁壮成长的小树。看得见的美好未来不容置疑，如同自家院子里的石榴树，红火得很。

女人的心安谧，祥和，雍容。坐在梳妆台前端详自己的第一根白发的时候，也有对岁月流逝的感慨，心里却是满满的，如每季都有好收成的农妇。脸上只有暖人的微笑，无怨，也无恨。不慌，也不忙。

偶尔等待夜归的老公，女人也不急不躁。因为，她心里很有数。老公，飞得再高，再远，也还是一只有线的风筝，线的这一端始终在自己和孩子的手心里拽着呢。甚至时有年轻的小女人打来电话找自己的老公，她也是莞尔一笑，不去多想地自寻烦恼。“执子之手，与子偕老”的坚持，在她从来不曾从根本上动摇过。她相信老公也是。

女人也不寂寞。生存的智慧在她是含而不露。工作和家务的琐碎，她是有条不紊，拿得起来，也放得下。美容，健身，时装，也都与时俱进。甚至内心里也藏有私密，却无伤风雅的情愫，悄悄温暖着女人自己。是出差时，临座英俊儒雅的男子的一个微笑？或者他只是影像里的大众明星周润发。

偶尔地，她会当着老公的面，精心修饰好自己，满心期待的表情也很自然地流露一二。然后她不急不徐，不藏不掖地告诉老公，一位故友，或者是一位新朋，邀请共进晚餐。若干小时后你来接我，或者你等我回来，我给你做夜宵，如何？

可是，被他人欣赏的快感和愉悦，却已经准确无误地传递给自己的老公。她其实却是在提醒自己的老公，我依旧是别人眼里的风景。或者是，你已经有多久没有单独陪我烛光晚餐了呢？

相濡以沫，相知日深，多少岁月中共同走过来的老公，其实也明白妻子的小把戏。于是，第二天下班的时候，他的手里就多了一大把妻子最爱的金色百合。或者两张去度假的飞机票。

执子之手，与子偕老。换句话说，是你在一个正确的时间里，遇上了一个正确的人。然后你作出了一个正确的决定，从此开始了你一辈子正确的生活。如歌的岁月，咸咸淡淡，恩恩爱爱，忙忙碌碌地继续着。

而其实，如此美好的理想人生，你遇到了，只是运气；你做到了，才是福气。

你把我娶了吧

那天，他们终于第四次约会的那天晚上，月亮很圆，月影很飘，人很美。半瓶红酒下去后，她仰起桃红的脸说，你把我娶了吧。

先谈恋爱后结婚，已经成为大众的思维定势。只谈恋爱不结婚，也已经成为小众族群的时髦，是时下流行文化元素之一种。却在当下，有一个小女子反其道而行之，对她喜欢的男子说，你把我娶了吧，我们不妨先结婚，后谈恋爱，如何？

呵呵，不是正在上演的一出电视连续剧，而是真人真事，真情演绎的婚姻大事。而且，她还不是街巷里弄的邻家小妹，而是CCTV的节目主持人，出道以后人气一直很旺。她的故事版本是由与她在同一个新闻中心工作的，我的一个女友口口相传给我的，距离事实真相大概不会有太大的差错的吧。当时的我，马上联想起小时候看过的老电影《李双双》，那个聪明贤惠机智的双双大嫂，是如何地搞笑，又是如何地让我们感动。现在想来，感动我的，大概是她泼辣辣的真性情吧。

她芳龄30有余，近年来，婚嫁的紧迫感，与任何处在这个年龄段的女子一样，但她芳心焦灼不安，表面上却是从容淡定，不急不徐。半年前，她经好朋友介绍，认识了一个海归派的实力人物。双方彬彬有礼地见了一次，然后是两次，三次。但是，尽管两人心中都是暗暗欢喜，他们之间的关系却一直不温不火地维持在握手言欢的层面上。原因之一，两人皆是成功人士群落的鹤立人物，都好忙好忙，真的是连谈恋爱的时间都没有。她好不容易把手头的工作告一段落，他却刚刚出差欧洲，要一个半月才回京。等他回了，却找不到她人影了，原来是去了外地赶拍什么节目。如此错落，他们自然总也照不了面。

原因二呢，因为两人都是举手投足有分量的人物，也自然都很矜持，像林黛玉一样，说话欲语还藏，行为呢，走一步看三步，谁也不想先抖落自己的心思，怕万一不是自己想象的那样，怎么收场呢，岂不是有点掉价啊。

但是，如此蹉跎下去，有年无月的，他不急，她却先急了。她远观近瞧，仔细掂量，认为他的综合指数够高，确实是自己心仪的人选。如果错过他，下一班车能遇上谁，还真不好说。而且，这样优秀的男子落了单，他身前身后一定有很多美女排队，万一有哪个泼辣一点的，性情率直一点的美女乘虚而入，近水楼台先得月的话。她都不敢想下去了。当然，她也是名主持，人前显赫，人后也有不少送鲜花的人。但是，花花世界里，不着边际的人太多。她要的是一份踏踏实实的结婚生子的生活。那么，与其坐等干着急，不如先下手为强吧。

那天，他们终于第四次约会的那天晚上，月亮很圆，月影很飘，人很美。半瓶红酒下去后，她仰起桃红的脸说，你把我娶了吧。对方懵了，心跳猛烈加速，又以为自己听差了。一口酒差点就呛了。她却认真地重复了一遍，一字一句地说，你把我娶了吧。

那个幸运的男子又惊又喜，却是受惊的感觉大于喜悦。他要求，给他半个月的时间考虑。这段时间里，他咨询了所有的朋友，也打听了所有能打听到的关于她的一切。确认，几乎是无懈可击的一个好人儿。于是，他紧紧攥着的心，终于因为快乐，飞上天去了。半个月内，他们果真就在众人的瞠目结舌、半信半疑中，完成了婚姻大事。

已经一年多过去了，他们过得很好。也吵，也恼，却如一对对平常夫妻那样，过着小河流水的家常日子。

但这却是不好模仿的婚姻版本。就好比，巩俐为了显示她对家的热爱，自己动手跪地擦地板，因为她是明星，千斤一跪，有声有响，能感动她想感动的男人。如果是一个寻常家庭主妇，擦地板是日常家务之一，谁会为之动容呢?

而她，向男人主动求婚的前提也是，她的优秀，她的品貌，与他也都是旗鼓相当。我向你求婚，是看得起你，不高攀，不低就，不为利，不为名，只是为了喜欢你，对你有信心，为了共同的人生目标，想和你走到一起来。你如答应，算你有眼光。你如不答应，是你的福气不够旺。

我猜想，她在开口求婚之前，一定好几个晚上，辗转反侧，作如是想。

女人的不合时宜

高处不胜寒。一盏灯，一个枕头，半个月亮。寂寞是美的，也是不快乐的。日子久了，她渐渐性情寡淡，心如止水。拒绝已经成为一种自觉。

在当下，全世界的人都高喊孤独。男人孤独，女人也孤独。所以，如果有一个女子想要随波逐流，放开了胡来，即使她只有三分颜色，也还是所向披靡，打遍天下无敌手的。哪怕是别人的老公，或者是自己的上司，想要就要，没有哪个男人会抗拒得了她。因为，她不过是想让自己开心。不为钱，不为情，为抵御孤独，为热闹，为快乐，甚至可以是只为了好玩。

这样的女人，男人当然会来者不拒，照单全收。不过，现实生活里，这样活法的女子肯定不多，因为，到头来，她会突然发现，周边的人都在疏远她。女人小心藏起自己的男人，唯恐被她勾引了去。男人呢，玩过之后就丢开，谁都可以上的女人，当然是不值得珍惜的，正经男人是要与她保持距离的。甚至在公众场合，男人绝对会假装不认识她。

其实，在情色场上，女人不必暗送秋波，只要稍稍在着装上放肆一点，口红抹得夸张一点，说话嗲一点，眼神媚一点，男人就好像猎犬闻到猎物，立即嗅出三分情色的香艳，而迫不及待前去骚扰一番。不久前，某著名IT集团发生一起性骚扰案。那个喜欢奇装异服，尤其酷爱吊带装的白领女子，不愿被上司一次次骚扰，拒绝了他而丢了一份好工作。

事情的结果，其实是两败俱伤。男人和女人都很委屈。女人说，我不过是喜欢穿得性感一点，就招来恶蜂，引来坏蝶，名利受挫，最后还落得丢了饭碗，狼狈逃窜。而那个男子也很委屈，说你如果不是想勾引我，你每天穿得那么暴露，说话时眼睛眯得那么媚干什么。这下，我偷鸡不着反蚀一把米，谁都以为我是个色情狂，走廊里的女人见了我都躲。呵呵。因此，他恨透了那个女人。她到新单位上班，他就跟踪而去搞破坏。互联网成为他的作案帮凶。最后，双方忍无可忍，只差疯掉了。

与以上两种女人的不合时宜相反的，还有另一种女人。她冰清玉洁，坚持先有爱后有性，先谈恋爱后结婚的两性交往的绝对真理。自古以来，贞洁女子死死坚守的，宁为玉碎不为瓦全的气节，在她身上得以发扬光大。

可是，远观近瞧周边的男子，经得起推敲的，少之又少。品有余的，貌不够。玉树临风般潇洒的，怎么看起来是没有根基地轻薄，也是不能交往的。可是，品貌都好的男子，又都名草有主，结婚生子了。她又很善良，不忍心去做坏女人插足，因为那不道德。真是值得嘉奖啊。于是，她不跟任何人过不去，就只有每天跟自己过不去。独守空房，夜夜荒睡。

可是，一个人的夏天还算凉快，一个人的秋天就很寂寞。到了一个人的冬天，怎么办呢。高处不胜寒。一盏灯，一个枕头，半个月亮。寂寞是美的，也是不快乐的。日子久了，她渐渐性情寡淡，心如止水。拒绝已经成为一种自觉。因为拒绝了太多的人，所以，最后，她也被人群拒绝了。

唉，开车走路，有交通规则大家可以遵守。可是，谁来制定一份男女情场守则呢。是跳三步，还是四步？快了一拍，踩了别人。慢了一拍呢，自己被人踩。如何才能游刃有余，收放自如？恐怕只有每个女人自己去慢慢体会。

人生幸福的女人大概有两类。一类是天生运气好福气旺，一出门就碰上了如意郎君。在一个正确的时间和地点，遇见了一个正确的人，作出了一个正确的决定，从此过上了正确的生活。

还有一类女子，是因为聪明。她知道自己是找一个合得来的老公，而不是评选京城十大杰出男子。别人说什么，如何如何做女人，该谨慎的时候要谨慎，该出手的时候就出手等等，都是不关痛痒的风凉话，是可听也可不听的大废话。

其实，你唯一能遵循的，就只有你自己心中的旋律，是那首你想唱还没有唱出来的歌。只要你自己心里有谱，脚底下就会方寸不乱。就像林妹妹走进大观园，走一步看三步吧。步步莲花，很难。可是，步步都错，那你也真是的，太笨了哦。

你在为谁守贞洁

我是一个单身女子，爱谁就是谁，自然不必为谁守什么贞洁。但我必须守护我自己的身心愉悦和健康。不到两心相悦程度的男子，即使是十年前的旧相识，又怎么样呢？

今年初，发生了一件匪夷所思的事，竟让我一时之间无所适从。

原是一件大好事。一个十年未见的朋友突然找到了我。他是通过互联网的点击，辗转联络上的我，很花了一番心思。因此，他特别庆幸。十年前，他是使君有妇，我因此婉拒了他的暧昧的感情。如今，他终于离了婚，而我还在待嫁单身。他觉得老天真是有眼，还是给他留了一点美味存在冰箱里。于是，他在第一时间赶到我的身边。

但是，让我感觉特别吃惊的是，话过三巡，他便迫不及待地提出，他希望当天晚上我能提供他一个洞房花烛夜的特权。我开始以为自己听错了，后来又以为是我的行为举止之间有什么不得体的地方，误导了他。但我反复检讨自省，真的是没有。我甚至还没有觉得是否要与他正式作为谈婚论嫁的男女朋友，往下交往呢。

因为，即使在我还是花样年华的十年前，我和他也就是握手言欢的朋友，并没有生死之恋。这么多年，各自走了多少路，经过了多少事，心智的成长，观念与习惯等等，很多的信息符号是否还对味呢，是需要慢慢了解、感受，才能知道的。当他的名字十年后突然出现在我的信箱里时，我当时的感觉，不是情人之间重逢的喜悦，而是失散的老友相逢的欢喜。

那么，他究竟是怎么一回事儿呢？我内心不悦，但我还是尽量和颜悦色地，其实却是不留余地地拒绝了他。他是很聪明的人，听出了我话里话外拒人于千里之外的决绝。他长叹一口气，然后，心有不甘地，愤怒地问了一句，在我听来非常莫名其妙的话。

他质问我，你在为谁守贞洁呢?

我发窘，又有点想笑。但憋住了不敢笑，因为这会彻底伤害一个男人的自尊的。但是，心里却是匪夷所思地在大笑。何为贞洁，早已经是上一个世纪的陈词旧调。我是一个单身女子，爱谁就是谁，自然不必为谁守什么贞洁。但我必须守护我自己的身心愉悦和健康。不到两心相悦程度的男子，即使是十年前的旧相识，又怎么样呢?

临走前，他倒也爽快，竹筒倒豆子，把想说的话，统统直截了当地说了。

他说，我最最担心的，就是你与我的前妻是同一种类型的人。所谓的好女人，我算是受够了。我和妻子最大的不愉快都是与性有关的。她生了孩子以后，全部心思就放在了孩子身上，对我的性要求几乎是不爱搭理了。我怎么求她都没有用。这倒也可以谅解。女人嘛，爱孩子也不是什么大的罪过。

但是，紧接着，我到另一个城市做访问学者，两年的空档里，她竟然有了外遇。我寒暑假时回家，她竟然也要与我分床而睡。说句大实话，她爱不爱别人我并不是特别在意。爱是什么呢，爱是虚无缥缈的，抓不住的。但是，性是实实在在的感受，我不能不要。只要她的身体还能接受我，为我所用，我是不在乎她跟别人怎么着的。我们的婚姻也是可以维持下去的。毕竟，我们曾经有过很缠绵的好时光。

但是，她却是传统古典的女人。先爱后性，爱上了谁，身体也跟着走了。我倒宁愿她是一个把爱与身体分得很开的女人。爱不爱的，有什么重要，肌肤之亲，却是不可一日或缺的。很可惜，我怎么就遇不上和我一样懂得享受身体快乐的女人呢。

呵呵，这位朋友走了好久，我还呆坐着，目瞪口呆，整个一个匪夷所思。看来时代在进步，不仅女人在进步，男人更是在飞跃，与时俱进呢。明清过去才多少年呢，那个在西湖上看风景的大丈夫和他的美貌的小妾，只因为迎面过往的船上站立了一个美少年，小妾审美情绪顿时高涨，感叹了一句，美哉，少年。不得了了，当即就被吃醋的大丈夫处死。

这位冤死的美貌的小妾，非常非常有名，叫李慧娘。后来她变成厉鬼，回到阳间来报仇。是不是终于和那个美少年结成秦晋之好，我就不知道了。手边一时没有相关的资料可以查到。

可怜，李慧娘真正是生不逢时。试想，假如她是我们的同时代人，那她该有多牛啊。不要说只是感叹一句美少年的虚话了，她就是暗送秋波，找机会暗渡陈仓，也没有什么大不了的。只要她私通美少年的同时，不要拒绝她的大丈夫，就月白风清，啥事也没有了。呵呵。

当然，我也很怀疑，是不是当下所有的男人都已经进化到这个地步了。恐怕未必。更多的男子大概更希望是这样的：在社交圈里，我能使用别人的妻子，但是，不想让任何人使用我的妻子。我眼前的这位朋友，大概只是忍无可忍，又无计可施之后的无奈。

男人都是普希金

我不相信男人都是普希金。有个思想家说过，人和人之间的直接的，自然的，必然的关系，是男女之间的关系。从这种关系就可以判断人的整个教养的程度。

一位屡次想拉我下水的已婚男人，在最后一次被我婉言拒绝之后，十分恼怒。但他不是暴跳如雷，气急败坏，而是微笑。但笑得很坏。恨铁不成钢之余，还有点怜悯我的意味。

他说，你究竟在等谁呢？你在等一位现实世界里根本不可能存在的好男人，一个子虚乌有的人。我看到你的书柜里有一本普希金的诗集，但我要推荐你去看一本《普希金秘密日记》。你最好相信我的话，男人都是普希金。如果他有可能做到的话，他一定会是普希金。不是他不想，而是他不能。

他的话，震慑了我。

我在第一时间走了几家书店，才找到了这本书。薄薄的，装帧也不算精美的一本书，拿在手里，分量很轻，阅读的过程却很沉重。以至于我几次读不下去，喘息片刻，积聚一点内心力量之后，继续艰难的阅读旅程。

普希金的伟大，我领略得不是很多。不仅因为我这一代整体对俄罗斯文学已经不像前辈人那样推崇了。也因为，美文不可译，已经翻译过来的普希金的诗，在我看来已经是语焉不详了。但普希金作为一代情圣，作为“俄罗斯文学第一人”，他的至尊至贵几乎是不容置疑的。

说来话长，我16岁那样，有个文学少年站在海边，向我朗诵普希金的《致大海》，后来又以更加激烈的表情，朗诵了普希金送给凯恩的《我记得

那美妙的瞬间》。他激情喷薄的眼神，当时是如何地让豆蔻年华的我不知所措呢。

但是，这本秘密日记里袒露出来的普希金的内心世界，真正让我诧异非常。他不过是一只尖嘴矮小的大公猴，一只没有进化多少的雄性动物。他自述，在结婚之前，他通常每天同四五个女人厮混。他已习惯于各种各样的姑娘，熟悉了造成一个女人不同于另一个女人的一切差异。这类五花八门的情形并不使他激情消退，而经常换情人构成了他生活的实质。

他说，新鲜的肉体比爱情更有力，比美更有力。只有享受各种各样的女人才是他维持生命的大事。他说，他最喜爱做的事就是让妓女爱上我。要让一个毫无经验的姑娘爱上我，无须花多少代价。但是，要叫一个以始终毫不动情为职业的妓女爱上我，这就是对一个男人的技巧的挑战了。

他说，他视一切女人为最低等的生物。结婚后，他对妻子的激情只持续了甚至还不到两个月。他说，只有当娜塔丽娅怀孕时他才感到平安，因为这对他是一种便利，她使他在渴望别的女人时有了借口。在她怀孕最初几个月里，她不让他近身，因为医生说这对胎儿有危险。她大喊大叫地对抗他的劝说。他气得发疯，并且说，我会去找一个妓女。

奇怪的是，娜塔丽娅平静地接受了，但是，她要求他去找一个真正的妓女，而不是某位情妇。但是，她没有想到，普希金从妓女那里传染了性病，马上传染给了妻子，以及其他与他有染的女人。

后来，娜塔丽娅因为担心普希金在外面有情妇，就把自己的两个姐姐带到家里来同住。普希金不无得意地说，娜塔丽娅宁可我同她们消魂，也不愿我同她不认识的女人们厮混。匪夷所思的事情还在后面。有一天，普希金竟然向娜塔丽娅建议，邀请姐姐阿莎同他们夫妻一起同床。娜塔丽娅忍无可忍，对他说，你比我想象的更肮脏。

但是，有一次普希金疏忽了，没有及时抹掉别的女人的痕迹，娜塔丽娅发现了，很恼火。可是，天才的诗人普希金却说，你不过是在我的身上遇到了你的姐姐。

而他最后跟自己的姐夫，一个金发美男丹斯特决斗，是因为他怀疑丹斯特在勾引娜塔丽娅。他说，在社交圈里我使用别人的妻子，但是不想让任何人使用我的妻子。嫉妒与怀疑甚至使普希金有一天用短剑抵住娜塔丽娅的喉咙，导致娜塔丽娅在极度恐惧中流产。他形容，血泊里躺着一个血块，那是一个长着一张鱼脸的胎儿。

普希金承认，他的暴躁脾气也用来对付孩子们，无论他们犯了多么微不足道的过失，他都会抓起桦木棍。他说，我的心里翻腾着怜悯，但是，我的手却被魔鬼操纵着。

这位天才诗人在书房里的状态是：我像往常一样在书房里写作，想象中出现的是我尝过的女人们的身体。这些幻觉中的景象都很清晰，似乎我尝到了她们每一个人的风味。我闭上眼睛自慰了事。

普希金还有很多的，在我看来是匪夷所思的言行举止，我就不在这里一一引述了。普希金认为，一切罪恶的根源，都是人性所致。只要有机会，而且没有障碍，思想就会选择朝有罪的方向发展。他在自己的墓志铭里称自己慵懒地度过欢快的一生。没做过什么善事，然后，凭良心起誓，谢天谢地，我却是一个好人。

如果普希金还算是一个好人，那么，这个世界上谁是坏人？普希金死于

1837年，距今也不过160多年的距离。如果说，不要用当代做人的观念来要求一定历史时期的人物，那么，在普希金的这本秘密日记里，有另外一个小细节能说明一点什么。

一天，M伯爵从巴黎回来，说巴黎的女人都非常漂亮。普希金问他，那你试了多少个。伯爵说，一个也没有。普希金发脾气问，你怎么可以失去这样的机会呢？M伯爵一言不发，只是悲哀地看着他。普希金还是继续追问，为什么，为什么你不至少找一个？伯爵回答说，因为我爱自己的妻子，这就是为什么。

在这样简单的解释面前，普希金说，我感到无地自容。

这本用密码写成的秘密日记，普希金曾在遗嘱里规定，一定要等到他死后100年才准许发表。如今，此书已经在全世界风行出版，也有人质疑这本书的真伪，却有更多的人相信是真实可信的，并称他是19世纪俄国的唐璜。

其实，这本书的真伪已经不重要了。重要的是，为什么男人都期望自己有可能成为普希金？真的如普希金自己诠释的那样，是人性所致吗？

但是，读完这本书，我却没有绝望。因为，我不相信男人都是普希金。有个思想家说过，人和人之间的直接的，自然的，必然的关系，是男女之间的关系。从这种关系就可以判断人的整个教养的程度。在两性关系上，普希金只是一个没有多少教养的公猴。

只是无奈之下，必须要承认的是，如M伯爵这样有教养的好男人，从来就不多。哪个女人遇上了，就好像是天下掉下了一个大馅饼，碰巧掉在了你的怀抱里。那真正是，老天有眼，三生有幸。

玛丽有只小羊

他的内心早就砰然关闭了，他已经是过去式的人了。他微笑着看你的时候，看到的是你背后另一张女人的脸。他与你对酒，喝高了一点，喊的却是另一个女人的名字。

我不住二手房，不开二手车，是为了不想感受它们身上残留的旧主人的印痕。我自知心理软弱，神经也不很坚强。如果二手房和二手车因为怀旧而饮恨，它们散发出的信息时时刻刻在排斥我，我能怎么办呢。但是，我却没有办法拒绝遭遇二手男人。

二手男人，是特指那些离过婚，有较强的婚姻创伤的男人。曾经被婚姻的大章盖过，在婚姻的大熔炉里锤炼过的二手男人，他的爱恨情仇，已经深刻地烙印在他的每一个细胞里，从指尖到心尖，无可逃逸地，或者比他以前更坏，或者比他以前更好。我当然希望，如果我只能在二手男人群里挑选老公，那么，我期待的是一个出炉的精品，而不是一个被失败婚姻的毒汁浸泡得太深的二手男人。

曾有女友把她的同僚，一个离过婚的男人，介绍给我认识。初次见面的感觉是好的。他一身本白色纯棉休闲装，身材也高挑，远远望去，颇有点玉树临风的潇洒。坐下来聊了一小时，彼此也有话说。

但是，印象最深的是他的手机铃声，非常之悦耳。主旋律似曾相识，好像是一首古老而悠扬的蓝调。虽然一小时之内，他的手机响了至少三遍，却因为铃声悦耳，我没有觉得烦。还问他，什么曲子呢，这么好听。他看着我，很认真地解说，老爵士，名字叫玛丽有只小羊。末了，他忍不住补充说，是我儿子学会吹奏的第一首曲子，他花了大半年时间才学会，他很喜欢。他妈妈，也很喜欢。

我曾听女友说过，他有个极其漂亮的读音乐学院附中的儿子，三年前随妻子去了美国。那么，他的前妻一定也是漂亮的了。据说还特别能干。当时听说的时候，我不由自主地忧虑，怎么又是一个美女的受害者。当今世界是美女当道，如果她是美女，又是一个有智慧的美女，那简直就是所向披靡了。可惜，被美女妻子淘汰下来的二手男人，基本上是没有活路的。

这就像女人使用高档位的化妆品，用过了最好的，再用次等的，那简直就是绝望，是宁愿什么都不用算了。更确切的比喻应该是开车，开过宝马的人，绝对没有心态再去开富康什么，这比杀了他还难受。因为他时刻在感觉自己在沦落，在飞速地堕落。今不如昔，好时光不再的悲怆，会像酒精和大麻那样，一点一点侵蚀乃至最后吞噬掉他的整个生命。

但是，冷眼观察，我觉得眼前这个男人的综合指数还算是高的，人品是正的，心眼也是不坏的。怎么办呢？在女友的鼓励下，我还是硬着头皮与他继续断断续续交往了约半年之久。他的家，还是他的前妻与儿子离去时的格局与面貌，我在里面左冲右撞，感觉像是老电影《蝴蝶梦》里的女主角，一不小心就会碰到一件前任美丽高贵的女主人的什么物品。比如绣了她的名字开头字母的丝质手帕。一本书翻开，扉页上赫然是她的签名。

电话铃响了，还是那首曲子，玛丽有只小羊。我听呆了，没有去接，却听到一个美妙的女声在说，我现在不在家，谨请留言什么的。我敏感到，这是他前妻的声音。有这么温婉声音的女人，一定非常可人吧。我很奇怪他非常喜欢香港的一个女星，她主演的电影几乎他都收集到了。电脑打开，里面有一张他们一家三口合影的照片，我才恍然。天哪，可真像啊。那时候，他们的孩子还小，夫妻两人在阳光明亮的青草地上，扶持三岁小儿荡秋千。他们灿烂的笑容比三月的阳光更加明媚。照片里的女人，不是想象中的强硬，而是那种我见犹怜，女人见了也不嫉妒的，很有亲和力的美女人。

我真的很为这个男人可惜。这种女人真的就是罕见的，足令满室生辉的珍珠，天赐外表与个人修为集中到一个女人身上了。丢了这样的女人，就像丢了祖传的宝贝，缺憾将是永远的。而曾经有过如此完美生活的男人，他要不酗酒，他要不沉迷到大麻的氛围里，他怎么能过得下去呢，一天比一天更寒冷，更空虚，更寂寥，更绝望。

但对后来的女人来说，他已经是一件只留有呼吸的物品了。所谓行尸走肉。因为，他的内心早就砰然关闭了，他已经是过去式的人了。他微笑着看你的时候，看到的是你背后另一张女人的脸。他与你对酒，喝高了一点，喊的却是另一个女人的名字。

那你能怎么办呢，除了放弃，别无他路。即使你国色天香。因为，他生命里的好年华也已经随之成为过去了，他已经没有心理力量再走一遍了。有多少爱可以重来呢！命中注定，你不是他的玛丽，也不是他的小羊。

美女之痛

而她全部的错误，只是因为，她实在太美了。她现在还是很美，是一个眼神很特别，有类似于受伤的豹子的愤怒与忧伤。她还在单身。

有一个小女人的故事，我一直耿耿于怀。很多年过去了，我却会经常想起这个女子在灾难发生的当时的愤怒，以及所承受的痛苦。其实，我并不认识她，她是我一个女友所在写字楼的芳邻。她因为这件意外的绯闻，成为写字楼里人人知晓的人物。

那天，我在女友办公的楼道里，看见一个身材魔鬼、风姿绰约的美丽女子。即使在白领云集的写字楼里，真正让你为之侧目的美女也并不多，更不要说侥幸让偶尔去客串的我，擦肩而过了。

她是谁？她那么的美。

可是，她美丽的眼神很特别，有类似于受伤的豹子的愤怒与忧伤，为什么？

我略微形容了一下美女的衣着与风姿，女友的脸，马上浮现出一种莫名的暧昧。

是她呀，你觉得她美，是吗？可惜，自古红颜多薄命，她也不例外。

我为了听故事，耐心等女友下班。晚餐时，女友断断续续把美女的故事告诉了我，并强调是道听途说版本的。听听而已。不

过，事实的真相，恐怕也差不了太多。呵呵。

美女未必是弱智，但是，如果一朵花，围绕的蜂蝶太多，她就疲于应酬，搞不清楚自己究竟要的是什么了。她也不去认真地想问题，因为所有的一切来得太容易了。但是，美却是一把闪着寒光的双刃剑。她没有想过，接近她的人当中有几个是真心待她的呢。

一天，一个纨绔子弟A与另一个纨绔子弟B打赌，说我要追她三个月，看能不能追她到手。但你要协助我。我如愿以偿，也一定分你一杯羹。哥们之间，有福同享啊。

三个月过去了，果然，弱智的美女就晕呼呼地沉浸在爱河里不能自拔了。她答应他，五一长假到西山凤凰岭度假村去看风景。同行的有另一个男子B，她也不在意，因为大家都已经很熟了。B为他们的相识与相爱穿针引线，立下了汗马功劳呢。

当天晚上，美女拥着自己心爱的人A，微笑地深睡。因为，白天爬山已经很累了，晚餐时，又被他们灌了好多酒。后半夜，迷梦中的美女感觉自己的情人想要求欢，她拗不过他，就顺应了他。恍惚中感觉有一点异样，但她没有心力去细想，就又睡着了。

事情如果到此为止，也许就像风一般吹过，日子还会像美女期待的那样流淌下去。但是，后尝到美味的男子B，心有不平了。这样的美味，凭什么A你一人独占呢。他的如意算盘是，不如让美女承认事实，让她自己在两个男人中间选其一 。当然，如果她两个男人都要，皆大欢喜是最理想的结果了。

于是，他没有像事先约定的那样，云雨之后，马上与A换回房间。而A等了许久，不见B回来，心有不悦，也只以为是B贪欢。没多久，酒劲发作，他抗不住，也睡着了。一觉睡到大天亮。

清晨，小鸟欢唱，美女心情极好地醒转了过来，却马上发现身边躺了一只大恐龙。天哪，你怎么会在这里？她一声泣鬼神的惊叫，那两个男人都吓醒了。

以后的事情，两个男人完全失控了。因为，他们完全不了解美女原来是个非常烈性的女子。她觉得自己被侮辱被伤害了，她一定要把B告上法庭。B吓得屁滚尿流，慌忙下跪求饶，希望能够私了。原来他是有太太的人。

但美女却横下一心，不把B绳之以法，她顺不下这口气。最后B的太太跑来为丈夫求情，美女也是不回头。

但是，美女完全没有预料到的是，事情过去了很多年，风平浪静之后，A和B的生活照旧，只有她，一个女人，整个事件的受害者，却忍辱负重地，在别人的饭桌上成为永恒的谈资和佐料。别人怎么就不肯轻易地放过她。

而她全部的错误，只是因为，她实在太美了。她现在还是很美，是一个眼神很特别，有类似于受伤的豹子的愤怒与忧伤。她还在单身。

家有大猫

猫我是爱的，你，我也是爱的。你要爱我呢，就先和我的猫建立友好邻邦的关系。你要做不到，你自己看着办好了。

女友小夏养过一只大猫。

猫抱回家的时候，很小的一点点，还在婴儿期。猫，虎头虎脑的，身上的斑斑纹纹也酷似老虎。小夏就给它起名老虎。

没有多久，小夏以她无限的爱心与优良的伙食，把它喂养成了一只超级大猫。

所有的朋友看见了大猫，都会条件反射地后退三步，在心里七上八下地打鼓。

小夏就乐，说我家的老虎其实最温顺了。说着，她就示范，一躬腰，果然，老虎就敏捷地跳到了她的脊背上，伸出它的猫脸在小夏的耳腮做亲热状。人间真情的自然流露，让旁边的人艳羡不已。

小夏以为，这只大猫会与她天长地久的。老虎曾经走丢过一次，小夏哭得眼睛都肿了，失眠了两个晚上。打了无数个电话，向朋友们紧急呼叫，请求援助。灾情发生的第三天，她下班回家，猫却已经趴在沙发上酣睡。

小夏的气不打一处来，抄起笤帚，把老虎狠揍了一番。老虎并不反抗，也不逃，只是“喵喵”叫。叫得小夏心一软，就不打它了，还给它开小灶做了一顿鱼虾大餐。

两年里，小夏先后交往了三任男朋友。有一个男朋友特别怕猫，每次来小夏这里，都要小夏预先把猫关在阳台上。几次下来，猫可能就知道了。有一次，这位先生来，小夏刚好不在，老虎就逞虎威，又抓又咬的，把他吓得夺路而逃。

第二天，男朋友跑到小夏的写字楼来告状，并坚决地说有猫没我，有我没猫，你看着办吧。小夏为难了半天。猫我是爱的，你，我也是爱的。你要爱我呢，就先和我的猫建立友好邻邦的关系。你要做不到，你自己看着办好了。那个男朋友气疯了。原来，我在你心里还不如一只猫啊。于是，两人分道扬镳了。

另一位男友喜欢狗。他养了一条大斑，特别的帅气。每次看到小夏的猫，就不自主地流露出优越感，说他的大斑怎么怎么地。小夏说，那你什么时候牵过来溜溜？一个双休日，他果然就把大斑带来了。大斑一来，老虎就特别紧张，很不高兴地上蹿下跳。大斑也不示弱，比老虎跳得更高，叫得更凶。邻居老太太出来干预了。小夏就把大斑和它的主人一起赶走了。

但，大猫还是一天比一天老了。老得整天赖在角落里假寝。东西也吃得越来越少。小夏开始还很着急，以为它病了。后来，把住在同一座城市里的母亲请过来，给大猫诊断。母亲叹口气说，猫和你妈一样，老喽。

小夏这才知道，猫也是会老的。

有几天，小夏单位的事情特别地多，每天披星戴月地。等她终于松一口气的时候，突然惊悸地发现，家里特别特别地静寂。老虎呢？小夏情知不好。

阳台上，大猫喜欢躲藏的杂物堆里，只有猫的大尾巴露在外面。

母亲接到电话脚不沾地，奔来了。她说，小夏，你不要哭，猫死了，老妈还健在呢。

母亲帮着小夏把猫埋在了楼下的一棵核桃树下。第二年，核桃树开出的花，结出的果，比往年的都要茂盛而硕大。

去年的圣诞节

在澳洲，她仍然是一只漂亮的，可爱的，被很多人追逐的蚂蚁。但受过伤的她却已经懂得了保护自己，懂得了疏离爱情。

当月亮升起的时候，三个单身女人泡在网上互相缠绵。说一些逗乐开心的好话，再说一些揭底使气的坏话。结果，所有的好话听起来都像不着边际，而坏话则像散发的金针，针针见血，把对方刺得体无完肤，近乎于施虐和自虐了。

那个横挂当空的圣诞节的月亮，比之往日，更像是一道利斧，把开心的人的快乐，烘托得气焰嚣张，而不快乐的人就像月亮背后的一堆阴影，加倍地气急败坏。

但是当太阳重又升起的时候，三个女人的心情也豁然开朗了。各自从一个枕头的被窝里伸出玉手来拨对方的电话。相约去王府井走一走啦，再到旁边的教堂坐一坐。

下午3点，残雪覆盖的教堂后花园，三个女人像三只孤独的蚂蚁坐在一起晒太阳。在上帝的后花园里晒晒太阳，想想也是不错的。人生偷得半刻闲，过节的好处也还是有的。

放在各自脚边的大包小包里，都是漂亮的衣服。圣诞节所有的商场都在大杀价。疯狂购置的衣服，不晓得什么时候穿，穿给谁看呢。但还是要买来放在身边的。女人之爱衣服，就像老鼠爱大米，农民伯伯爱玉米。

三个女人里最漂亮的是毛毛，最聪明的是苏小妹，最傻瓜的可能要算阿琪了，呵呵。每次过节都在一起，相对而坐，都快要疯了。分手时的祝愿，都是再也不要见面了，好不好，拜托了呀。可是没有男人陪的女人，总还是要聚在一起取取暖的。

漂亮的女孩总是生活里的女主角。毛毛也不例外。青春的时候，为了爱情可以粉身碎骨，可以放弃全人类。但是一次次的流泪流血的爱情，却让毛毛日趋憔悴。最后，只好下了狠劲，放弃一切，跑到澳洲去读书。

在澳洲，她仍然是一只漂亮的，可爱的，被很多人追逐的蚂蚁。但受过伤的她却已经懂得了保护自己，懂得了疏离爱情。她与新加坡的女同学幸舸做朋友。相濡以沫在异国他乡，两个女孩之间建立了很纯粹的友情。但是这份友情却被一个漂亮的男孩子打破了。

那年圣诞节的时候，他很开心地来澳洲看幸舸，却不料自己会对女友的女友毛毛一见钟情，并且不可遏止地希望能够与毛毛天长地久。要拒绝他是需要内心力量的，因为男孩子很优秀，还很帅气。明亮的眼睛里蓬勃出充沛的生命力。但毛毛却忍着心痛，选择了回避。而且，始终没有在女友面前透露任何信息。只是偶尔地，从幸舸的眼神里流露出的怨气让毛毛心惊不已。但我是无可指责的，她这样安慰自己。

差不多快一年，毛毛就在这种深深的内疚与无奈的思念里苦度时光。但是，突然的恶讯把两个女孩都惊呆了。那个男孩子在一次大的意外中丧生，到另外一个世界里做了永远的天使。幸舸泣不成声，匆匆奔回国去。可是，一个月后，当幸舸重又出现在课堂里的时候，风格突变，同时与几个男生花好月圆。

那一天，正好也是圣诞节的月亮高高挂的夜晚。毛毛回想去年圣诞节三个人在酒吧里其乐融融的场景，心底里忍不住流出眼泪。她实在是忍无可忍了，哭着冲到幸舸的面前，疾言厉色地痛骂了一顿。但是幸舸的反应比毛毛更为强烈，她如困兽般哭嚎了几声后，对毛毛喊，你以为我不知道吗，你一直对他暗送秋波。但是他最后的遗言里没有你，只有我。

几天后，毛毛收到了一个包装很精美的包裹，层层打开，竟是一沓最好版本的CD，都是毛毛十分喜欢的。还有一封信，是那个男孩子出事前一天寄出的。男孩子说，如果毛毛同意，他就要把真相告诉幸舸。他不想再这样痛苦下去了。

这是毛毛的关于圣诞节的故事。年年圣诞节，毛毛都会呓语般地说起这段尘封的往事。

苏小妹的圣诞节没有故事，她爱的男人，每逢过节的时候，就要出现在另外一个女人的餐桌上做男主人。苏小妹从不去争，因为她自己的男主人正在大洋彼岸读学位。圣诞夜，她就倚在暖洋洋的床头，听着老公的甜言蜜语，心里想着另外一个男人。她并不因此而感觉不妥，因为她能听出老公电话里的音腔很空，并没有多少真情实意。他的圣诞大餐里有师姐或师妹的。她知道。

阿琪的圣诞前夜是下了网，就去马路对面的香格里拉饭店饕餮一顿。七情六欲中，最容易满足的就是食欲了。最简单，最直接，最痛快。圣诞过节自然是给阿琪提供了一个海吃海喝的理由。吃喝完了，让俊气的服务生叫来一辆的士，尽管阿琪的窝就在对面，她还是要摆摆谱。不是过圣诞吗，有什么不可以。

第3辑　莲藕

我记不清去了几次。也不怎么划船了，就绕着荷塘慢悠悠走二三圈。忍不住在电话里告诉一个女友，说我这里莲藕都快长成了。你还不来吗。

她来了，却还带来了她正在热恋的男友。我陪着他们走在荷塘的边沿，心情的落寞，使我很渴望潜入塘底，也变作一枝盛大的莲花，日日开放在谁的眼里和心里。

亲密物语

就像一头濒临死亡的老牛，在主人殷切的呼唤声里，睁开了大眼睛最后看主人一眼，挣扎着犁完它的最后一块地。其实，它最后的那点能量是主人给的，那是一种爱的能量。

我有个在外企工作的女朋友。任何时候见到她，她都是优雅随和，一副好脾气的样子。直到有一天休息日，我到她的家里小坐。发现她的沙发墙角床边，放着五六个丑娃娃。丑娃棉布质地的脸上，让人怜爱地长着好多个雀斑。还有个丑娃被扔在地板上，浑身脏兮兮的，真的就成了丑娃。

问女朋友为什么买了这么多的丑娃，她竟然回答我说，就是为了我每天回来可以一溜儿死劲揍它们一圈，好放松我的神经啊。很特别的回答。

然而，没有多久，我接到女朋友电话，她问我，要不要丑娃，她想把它们都送人算了。因为，昨天晚上她做了恶梦。居然梦见所有的丑娃都是浑身伤痕累累的，怒睁着仇恨的眼睛，扑上来要跟她拼命。她出了一身冷汗，醒过来发现原来只是梦，她就哭了。

我还听说，在日本以及欧美的一些大城市，都有一些帮人“解压”的公司。比如，专门设置一个房间，提供了很多瓶瓶罐罐的瓷器陶器、玻璃器皿等等易碎品，还有丝绸棉布制品，让人狠着劲去摔，去砸，去撕，去踢，去踩。

初初闻听，十分好玩，大家都说，要是北京也有这样的公司，一定要去试一试。那种释放后的快感，似乎想象一下就已经很让人开心了。

但是，也有完全不同的，另一种方式的面对面，似乎更具慧心一些。有一个女朋友，她是一个摄影师。她的一件宝物，就是她的照相机。用了很久的照相机，品牌也不是特别名贵，甚至是已经停产的旧物了。但是她就是舍不得丢弃它。有一次，她独自游走到了青海。坎坷不平的路途，使她充满歉意地不停地向背包里的照相机说话，祈祷她自己和相机都一路安康。

在一个海拔很高的山上，她取出相机，却发现镜头盖怎么也打不开了。她没有办法，只好捧着相机不停地又是亲又是说呀说呀。咔嚓一声，镜头盖突然就开了。她一直都特别得意这件事情。她觉得她的照相机特别明白自己的心。就像一头濒临死亡的老牛，在主人殷切的呼唤声里，睁开了大眼睛最后看主人一眼，挣扎着犁完它的最后一块地。其实，它最后的那点能量是主人给的，那是一种爱的能量。

假如，当一个女子在决定爱一个男子之前，也不妨到他的住处去看看。物品是否清爽整洁，是否放置得体，都是这个男人具有多大的爱的能力的体现。如果，他对自己的物品件件都是轻手轻脚，轻言细语地爱意有加，那么，这个男子对他的女人也会呵护有加的。其实，女人的愿望更多的是想做一件男人手心里的瓷娃娃，捧着宠着，就怕一不小心被摔了。

这是生存智慧的一部分。老祖母家传下来的绿宝石项链，珍贵的不仅仅是绿宝石本身，还有多少代的女子在项链宝石上留下的爱的记忆。

不做别人的奶牛

说他纠缠，是因为我知道他也并不像他所说的那样，爱我爱得不得了，只是想有一场艳遇而已。因为他有老婆。

很久以前了，那时的我，还是一个刚到北京的，不谙世事的小女生。特别热衷于赶场各种的文人聚会，以及认识各等的名人。每次聚会，或吃饭，或喝茶，我都谦虚谨慎地窝在一边，尽量不引起别人注意，耳朵却竖直坚挺。这叫名副其实的“旁听”。

在座的人，一开始也还关照我几句，看我闷声不响，渐渐就忘了我的存在。偶尔我突然插一句嘴，有时候还把他们吓一跳。

有一天，有我一直很景仰的一位大师级的人物出场，我很兴奋，浑身紧张地抓住他闲聊的每一句话。从国际形势，谈到了民生的疾苦，接着就是村话野史什么的，话里话外不免浑浊起来。却听他们谈到了一位男士，最近艳情艳事方面的成绩不俗。于是，那个大师特别感慨地说，这位老兄还真有几手呢，从来不肯养一头奶牛，却总有奶喝。在场的人，哄堂大笑。

乍一听，我没有明白他说的是什么。只是凭直觉，知道这不是一句好话。临座的一位衣香鬓影的女士也跟着笑。我怕露怯，也没敢问，就把疑虑一直埋在了心里。

过了好多年，一位我不喜欢的男士纠缠了我很久。说他纠缠，是因为我知道他也并不像他所说的那样，爱我爱得不得了，只是想有一场艳遇而已。因为他有老婆。

有一天，我真就烦了，突然就翻脸，骂他。你搞什么鬼么，你不就是家里养了一条母牛，给你生娃，然后呢，又想在家外面找几条奶牛。不养奶牛，却有牛奶喝，你别做梦了。

话一出口，我自己吓一大跳。我怎么就开窍了？好多年没有想明白的事，突然间就明白了，而且还变通了，活学活用了。因为大师的原意大概是指一位男士不肯结婚，却不间断地有女人可以享用。我对自己的悟性终于提升到了一个新的高度，很满意。真正应了曹雪芹的那句话，世事洞察皆学问，人情练达即文章。一点儿也没错。

他也被我吓住了，好半天才说，啊，这样的话你也说得出口，你比我想象的厉害很多呢。

以后，他再也没有来烦我。

从那以后，我每每把已经悟出来的关于奶牛的典故，在男男女女的聚会上闲话闲说，没有人不闻之喷饭的。

走俏的离婚女人

她们看我还是锅冷灶凉的，就恣意嘲笑我说，你看我们都吃了一个馒头，又吃了一个馒头了，你怎么还让自己饥寒交迫的？

阿绿和阿芳是我的闺中密友。我认识她们的时候，她们就已经是离婚女人了。

一年前，阿绿喜滋滋地打来电话，说我总算明白了，原来爱情就是换个地方做家务。欢天喜地的心情，从电话那一端满满当当地传递给了我。

她偶遇了一位大龄未婚的大学教授，第一天对上眼，第二天谈婚嫁，而且是连同她的三岁女儿一并接纳。第三天，教授要去香港出差，就把新装修完的三室二卫一厅的房门钥匙给了她。叮嘱她，一定要在他不在的半个月内，把家安置好。阿绿就专门抬了一台缝纫机过去，在那里缝缝洗洗地，把窗帘桌布什么的，有情有调地搞得有声有色。然后，他们一家三口幸福地在一起同居半年后，举行了隆重的婚礼。

在我写这篇文章的时候，他们的儿子刚刚出生两个月。阿绿说，这下子我心里真正踏实了，儿子也给他养了，等于给我们的感情又加了一个重重的砝码。因为心情愉快，她的身体恢复得特别快。一过了月子，她就开始有计划地减肥，把怀孕期间增加的脂肪，毫不留情地剔除出去。她说，她的小细腰已经套得上老公刚给她从香港带回来的紧身裙了。

无独有偶呢。阿芳也是桃花满园。有一天，她出差来北京，应几个朋友的约去看了一次画展。那个卓有成就，也已经离异的画家，一眼就看上了她的柳叶眉与小蛮腰，一追就追到了深圳。结果两人把家安在了深圳的富人区。养了三条大狗。一年半载了，阿芳看时机成熟，就找借口把女儿从母亲那里接了回来。画家心有不悦，但架不住阿芳的巧言令色，也就认可了。不久前，他们在北京的东郊买了一栋别墅，装修得美轮美奂的，让人艳羡不已。天寒地冻时，他们安居在南方。春暖花开或者秋高气爽，就一定在北方的旷野里溜狗。

前天，我好不容易约齐了她们俩在我家喝茶聊天，说说私房话。她们看我还是锅冷灶凉的，就恣意嘲笑我说，你看我们都吃了一个馒头，又吃了一个馒头了，你怎么还让自己饥寒交迫的?

我气得不行了：还说呢，你们嫁了又嫁，一次比一次嫁得好，凭什么呢。就凭你们的小瘦腰？我一定要她们指点我迷津。阿绿说，其实也没有秘诀可谈。说缘分太务虚了。依我看，婚姻靠三分运气，三分的勇气，还有三分的热气。你呢，缺少一点运气是真的，但你有过尝试的勇气吗？你这么怕吃亏，又这么矜持，冷冰冰的做淑女状。我是男人，也怕焐不热的女人呵。

阿芳比较老实，说婚姻好比是一道大菜，我们都做砸了一次。但我们的智商不低，同样的错误不会犯第二次。再做菜时，油盐酱醋糖的，哪多哪少，心里有数。有了刻骨铭心的经验教训，成功的概率应该要比没有尝试过的人高吧。

有一种眼泪流在心里

因为无论他是出于一种什么样的心情，流泪也是对对方的最高级表现或者手段，可以把它看作是一种最高级的待遇，心领之，心受之。

我认识的一个男人，特别的憎恨某一个女人。全部的原因，是那个女人曾经嘲笑过他的眼泪。

诸如这种两个人的感情官司，外人真的不知如何评判才好。如果是那个女人愚笨得居然不解风情，那么那个男人的眼泪，又是如何地显现他的不真实，而招致无情的嘲笑呢。

但从此那个男人的憎恨居然就长留心间。据我所知，是一直到现在都没有平复过的。而那个女人，在我偶尔地旁敲侧击绕了几道弯询问之后，她回想起当时的现场，仍是乐不可支地大笑。她说，永远不要相信男人的眼泪，也不要以为男人的眼泪就比我们女人的眼泪金贵。

她的第一个男人，告别她和女儿远去美国的前夜，哭了。她被他的眼泪感动，三年中没有与任何男人有过约会。但有一天他写信回来说，我们离婚吧。

第二个男人是有妇之夫，在一个月明星稀的两人相拥的夜晚，也哭了，说你要等我两年。等我的孩子考上大学后我就会离开她们到你这里来。女人又一次相信了男人的眼泪。但没有等到两年，被弃的是她自己。

第三个男人比她小好多，两人相亲相爱了很久。当女人说，我们结婚吧，男孩子哭了。什么也没有说，第二天走了，再没有回头。

所以，当有第四个男人在她面前哭着要表达什么的时候，她忍不住大笑不已。

男人轻易不流泪。所以，当他们偶尔流出眼泪的时候，就像轻易不笑，一旦笑起来就要有大事发生一样，让人心惊肉跳。比如三国里的曹操，他的眼泪除了让人心惊，还虚伪得让人不知道说什么才好。而诸葛孔明的眼泪就是一种政治策略。他到周瑜的棺材前大哭特哭，哭得吴国上上下下的人，都被感动得涕泗横流，私底下甚至也开始怀疑周瑜的心胸狭窄。就连周瑜的夫人小乔，也在那里连连叹气呢。

不过我倒是很相信宝玉眼泪的含金量的。曹雪芹是这样写的：宝玉唤袭人到跟前，拉着手哭道：我要死了！我有一句心里的话，求你回明老太太。横竖林妹妹也是要死的，我如今也不能保。不如腾一处空房子，趁早将我同林妹妹两个抬在那里，活着也好一处医治服侍，死了也好一处停放。这时候，宝钗走过来狠着心告诉他，林妹妹已经亡故了。宝玉听了，不禁放声大哭，倒在床上。

如果林妹妹能听到这样的肺腑之言，听到这样震撼魂魄的哭声，她一定会从九泉下破土而出的。可惜，不能。于是，没有几天，多情公子宝玉就又与宝钗圆房了。

前不久采访一个“飘一代”女子，十分美丽的一个女孩。她谈到了她曾经最最喜欢的一个男子的眼泪。那时，她是飘来飘去的记者，他呢，是红透半边天的歌手。相遇了，相恋了，两人频频幽会。是幽会而不是约会。属于地下恋情那一种。一天，那个歌手突然遭遇意外住进了医院，女孩哭着冲进病房，倚在他的床头，问他，你对我是真的吗。男人也哭了，说，是真的。

但是，当女孩从病房里走出来的时候，她的眼泪一下子就没有了。她清楚地知道，这个男人不爱她，而她也已经不再依恋他了。一切都被肆虐的北风捋去了。因为，她从男人的眼泪里感受到的，是空旷原野的荒凉。

昨天出去买豆浆的时候，抬头看到一座明黄色的小楼，想起有个女友住在里面。因为曾在小区曲径上不期而遇，知道她也搬到我同一个住宅小区，而且我还收到了邀请。

她是一个奇女子呢，若干年以前，她有一个亲密爱人。可惜遇人不淑。她执意要离开，男人不放手，施展各种手段，包括眼泪，很多的眼泪。女孩没有办法，就把满头的青丝连根割去，到寺庙里住了很久。

出来后，很淡泊地生活着。但机遇仍是很好，在朋友的实验性先锋电影里主演了一个角色。她现在与一个女友住在一起，是同居。面对我的问题，她清癯而美丽的脸上微微发出红晕，但她的眼睛仍是宁静安详的。她没有回答。再问，仍是微笑而不语。

如果再问，我就是暴力了。所以，我也只好笑而不语。突然就想到了一句词，有一种眼泪流在心里。

就我个人而言，对任何男人女人的眼泪我都怀有敬畏之意。因为无论他是出于一种什么样的心情，流泪也是对对方的最高级表现或者手段，可以把它看作是一种最高级的待遇，心领之，心受之。

但最深刻的眼泪是流在心间的。就好像最知心的人之间不需要语言，但我们却能很深刻地感知交流的存在。

浪漫女友

世上的男子千千万，谁能够满足一个女人对男人的全部的想象呢。没有。
反之，世间的女子多多少，又有谁能够满足一个男人对女人的全部的渴望呢，也没有。

阿彗是我的闺中密友。我知道阿彗对自己新婚后的生活，很失望。甚至，有时是绝望。

虽然她不说。她也不动离婚的念头。她只是叹息，嫁给谁，结果都是一样的。世上的男子千千万，谁能够满足一个女人对男人的全部的想象呢。没有。

反之，世间的女子多多少，又有谁能够满足一个男人对女人的全部的渴望呢，也没有。

她和青梅竹马的老公，智商和情商都很接近，所以，他们彼此之间心照不宣，都在小心谨慎地游戏与测量着，在对方的势力范围之外，营造着艳遇的世外桃源。

我是阿彗艳遇的倾听者。因为我的存在，阿彗的每次艳遇就有了欣赏者。每次她情感的高潮退去之后，我就又成了她发泄的垃圾桶。不过，不知道为什么，我很乐意做她的垃圾桶，虽然嘴里总说，烦啊烦的。简直是病态心理呢。

她却看得很明白。她说，我太明白你了，你自己太精明太小心，就怕吃男人亏。所以，你就喜欢坐在一旁，看我在那里死去活来。就像你爱看的话剧。每次女主角的喜怒哀乐，你都把她当作自己了，在那里感同身受，很享受呢。是吧。

我惊悸地说，我有这么病态这么坏吗。但心里却打鼓，真不敢想，好像真是这样的，有点卑鄙呢。也许，在心里我一直是嫉妒她的。我经常当着阿彗的面说，好女人比如我，总要嫉妒坏女人的，比如她。因为她活得那样朝气蓬勃，欣欣向荣，好像她的胸腔里永远装满了激情火药，一有机缘就把自己发烧个够。阿彗自己也说，别的女人一辈子只吃一个馒头，不管这个馒头好不好吃，都只吃一个。她可不行。感觉口味不对，就去寻找新的馒头。馒头不够，哪怕是把别人手里的馒头夺过来。

不过，阿彗却乐得有人鞍前马后地照顾她。而且，因为我的存在，她的每一次心痛也好像有了真实存在过的质感。要不是我帮她记忆与间接体验，她那么多的情感故事就像看过的美国大片一样，过了就过了，留不下一丝云彩。

而每次，她那里一失火，我立马放下一切奔到她那里。一路上，还不会忘了给她买巧克力，花，或者水果什么的。心里面都已经在兴奋了，这次又是为了谁呢。又是怎样一个泣鬼神惊天地的故事情节在那里等着我呢。

这次的男主角从上次的IT界的风云人物，换成了一个欧洲小国的驻京使馆的文化参赞。一个盛产水晶与美男的地方。只可惜，这个美男有点老了。但是，风度翩翩。长了一只货真价实的大鼻子，一双眼睛绿荧荧的。一看就是情场老手。与阿彗合影的照片上，他细长苍白的手指紧紧握着的高脚杯里，都不知盛过多少女人的哀乐了。

不过，阿彗的爱欲之火才刚刚燃烧起来。她看到我进门，立即兴奋地打开手机让我看她刚接到的一则短信：你的眼睛眨一下，我就死去，你的眼睛再眨一下，我就活过来，你的眼睛不停地眨来眨去，于是我便死去活来！

这个老参赞以他已经十分中国化的伎俩，深得阿彗的心。他居然像个新新人类的毛孩子，每天给阿彗发几条香酥甜软的短信，把阿彗迷得昏头晕脑。

阿彗这次着急把我招来，是想跟我商量一件大事。她说，参赞就要调到尼泊尔升任副领事了，他想让我一起去。你说，我咋办？天哪，这次，看来阿彗要动真格的了。

你确定吗，他难道没有老婆？

阿彗眼睛黯淡了：有啊。不过，留在他的国家了。但他的宗教，教义规定是不能离婚的。再说，你知道我也是不想离婚的人。但是，现在要我跟他分开，我也不能。

那么，只有两条路，一是他放弃升迁的机会留下来陪你。一是你跟他去，还必须是秘密的。你还得辞去你现在的大公司的好职位，到那里去卖茶叶蛋吧。前者，没戏。后者，也没戏。我想，你的智商没有那么低吧。

这件事的结局有点戏剧性，尤其是让我伤心不已。那天，阿彗带我去见了老参赞，在莫斯科餐厅，三人吃了一顿洋晚餐。味道极好。老参赞也很逗乐。他居心叵测地教了我一句他的母语，反复让我学，直到我学会了为止。然后他神秘兮兮地告诉我，这句话的意思是，我——爱——你。

这个玩笑有点大了，当时我感觉阿彗的脸上就挂不住了。没有想到，第二天，老参赞就转而给我打了一个电话，想要约会我。我好笑之极，根本没动脑子就告诉了阿彗。阿彗什么话也不说，就把电话给挂了。从此，再没有联络我。我给她去信，她也不回。气得我要死。就为了这么一个低级动物的男人？不值。

直到去年岁末，阿彗才写了简单的信回我。说，都三十好几的人了，玩够了也不想再玩了。今年5月，我就要做妈妈了。医生说是个女儿。宾（她的老公）是我第一只也是最后一只馒头。我回信说，好啊，恭喜你啦。终于金盆洗手，立地成佛了。不过，你的女儿我是要做教母的，让她跟我学着点，别让你带坏了。

她很快回复我说，没门。你别痴心妄想了。你要眼热我，自己赶紧生一个去呀，现在下了新法令，单身女子也有权利生孩子了。如此斗嘴，一来二去，我和阿彗的亲密友情终于又修复如初了。

我为谁接风

那天，沙尘暴呼啸。远远走来一个穿着一件旧皮衣的男子，竟然是他。更老了，怎么老得那么快。他见了我也很吃惊，发型怎么变了，更卡通了。

别人为我介绍了一位男友，是一个在澳大利亚奋斗了十多年的北京人。

初次见面，我，他，谁也没有看上谁。我觉得他太老，他觉得我太嫩。

我不信任他，因为他有一双儿女，太太却最终与他离婚，嫁给了一个比他更老的老外，一个澳洲土著人。如果一个女人为她的男人生了两个孩子，最终却还是选择离开，一定是这个男人太让她失望了。

他也不信任我。一个外省女子独自在北京，凭什么，有房也有了车。在80年代离开北京的他，思维还停留在那个时段上。一切超出了他的想象力。但他又很在乎我的账户上究竟有多少银子，话里话外设着套。我告诉他，花的都是银行的钱，按揭。他掩饰不住失望的表情。

但是，我们还是交往着。我们都醉翁之意在其他。我在意的是他的身份，我一直想混个外籍身份。一来可以进修英语，二来周游世界时方便。

他在意的是什么，我不好说。但交往的第二个回合，他就说，你看，你住得这么远，如果你在家里为我搭一张床的话——就方便了很多。这在国外很流行的啊。他竟然想欺负我。

我敢怒不敢言，毕竟他还没有把我怎么样。直接的交往就戛然而止，他回澳洲去了。那边，离婚的财产分割的官司还没有打完。

他还是有电话给我。是因为寂寞，还是对我有一份怀念？我想都有。我也同样。半年里，他的电话不断，我也打空了几张电话卡。因为时差的关系，有时候，午夜梦回，接到了他的电话，温言细语里，彼此都感觉到对方的几分真情。

有一次，我脱口就说，其实我很想你的。话一出口，两人都吓了一跳。

他沉默了半晌说，我也是。

有时候，我就想，我与他，是否有点像张爱玲小说《倾城》里的人物，如果有一场适时的大灾难，或战争，或疫情，也许就成全了我们。我们也就相依为命，一天一天地过了下去。

但是，世界大小战争不断，烽火硝烟却一点也没有波及到我，也没有伤害到他。

圣诞节前夕，突然他给我电话。来电显示，是本地电话。我第一句话就是，你回来啦，怎么没有告诉我。他说，状态不好，休息了几天。然后，我们约了见面的时间地点。

那天，沙尘暴呼啸。远远走来一个穿着一件旧皮衣的男子，竟然是他。更老了，怎么老得那么快。他见了我也很吃惊，发型怎么变了，更卡通了。

我们像两个陌生人。电话里培养起来的温情，在沙尘暴里一点一点冷却。我驱车陪他转了大半天，补牙，修手表什么的。末了，暮色苍茫。他说，吃饭去吧。

他领我到一家涮肉馆坐下。热气蒸腾，胃暖了，心情也爽了。交流又渐渐回暖了起来。

但要买单了。他竟然说，谢谢你为我接风。我怀疑自己的听觉。问他，他就又重复了一遍。我犹犹豫豫地掏出了钱包，付了账。我不开心起来。不是钱的问题。

但是我莞尔一笑。我说，我为你接风，自然是应该的。你从繁华世界回来，怎么连一点小礼物也没有给我准备。一盒巧克力，或者一小瓶香水，我就会很满意。

他的脸，红了半边。他说，准备了，是忘了带来。

紧接着，是元旦，又是春节。他再没有电话来。

朋友的老公

你知道吗，你身上的每一个毛细胞都写着孤独寂寞几个字。我也只是想陪陪你，温暖你，哪怕只是一夜呢，对你不也是放松？

女友阿美嫁到美国有五年了，静极思动。一天，她打来电话，说她和老公都特别想回国发展。因为孩子的关系，想让老公一个人利用假期回来先探探路，顺便也要看一下有无合适的住宅公寓。让我关照关照他。我一口答应了。阿美出国前是我交往过密的朋友，我自然是要认真对待的。

没过几天，她的老公老浦还真就回来了，一副翩翩老少年的公子打扮。我心里笑，阿美的审美也很一般呵，只说是嫁到了美国，可具体地说，是嫁给了美国的这一个姓浦的华人，如此而已。不过，我也不敢有半点怠慢。陪他走过了大大小小的住宅小区若干，老浦都没有看上。最后，就到了我住的小区。绿树，绿草坪，清风里隐约有钟楼的铿锵声声。

老浦一下子觉得很不错，手舞足蹈起来，就定下我的小区作为候选。还拍了一卷照片，说是回去让阿美把关。末了，说要到我家坐坐。那时，我也是新装修完，特别希望有人来参观访问，夸奖夸奖我，我就说，好啊，以你的美国眼光，看看我的水准够不够国际化。

不想，这位老浦坐在我的沙发上，一坐下就不肯起来了。说我的家真是舒适到家了。他看我收集了全世界的电影大片码在书柜里，可把他给乐坏了。选了一张，开了DVD就窝在沙发里，把自己看成了沙发土豆。一部意大利片子看完，又换了一部法国的。

我心里哭笑不得，阿美看来是成了三个孩子的妈。一双儿女不说，还得整天哄着这个老孩子开心。第二部却是部艳情片，看到一半，老浦开始活动心眼了。他说，你干什么离我那么远，坐过来，坐过来。

我笑，阿美可是我的哥们，“朋友之夫”不可欺。

他再说，又伸手过来拽。我只好正色道，老浦，我是懂得游戏规则的人，你是阿美的老公我才招待你的。

可是，你一个单身女人，不寂寞吗？老浦说。

我气噎了。良久没有话说。只好一个人避到阳台上看夜景。其实，走了一天，我已经很累。我突然想，这是我的家，我累了，我要休息，我为什么就不能说？

我进了屋，一边说着逐客的辞令，一边就把电视关了。

不料，老浦不慌也不忙。赖在沙发上说，我今天不走了，你的书房让给我算了。

我被他气乐了。好啊，不过，我先打个电话给阿美，她要同意，我把卧房让给你都行，我去车上睡好了。

终于还是把老浦请到了外面的马路上。临上的士前，老浦突然很正经地说，我知道，其实你是没有看上我而已。如果我年轻帅气一点，你就不会在乎远在天边的阿美的，是吧。

他顿了顿，又说，你知道吗，你身上的每一个毛细胞都写着孤独寂寞几个字。我也只是想陪陪你，温暖你，哪怕只是一夜呢，对你不也是放松？

说完，他不再看我，走了。

回家的路上，月光照着我，我和自己的影子一前一后地走。

不知道为什么，没有想明白。心里就是无法排遣地，很难过。很难过。

是否将艳遇进行到底

每次眼前一亮，心跳加速的时候，都那么愚蠢地以为，天长地久的爱情的伟大旅程，终于启程了。却又总是在戛然停电的时候，才恍然，原来他妈的，只是一个狗肉包子，又是一个小小艳遇，而已。

深更半夜，忘了关的手机，赫然短信：某禅师说，前世500次的回眸，才换得今生今世的擦肩而过。他妈的，像我们这样粘贴的朋友，我的前世肯定光顾着回头看你了。

呵呵。这条发自广州一位亲密女友的短信，瞬间，把我那天残余的郁闷一扫而光。

只过了一会儿，我却开始不甘心地想，假如她是一位男士，我肯定会更开心，更幸福。我一直在等的那个漂亮男人的电话，却总也没有来。而且，看情形，是再也不会来了。

那么，这一个多月的牵心挂肚，热线联络，其实，也没有能逃脱它悲惨而短暂的命运，只不过是一场适时而生的艳遇而已。我却把它当做一个宿命的情感的开始，如此不切实际地狂热地投入，又让一个其实是不相干的男人挑战了一回我的智商。呵呵。

坦白地说，我是不害怕艳遇的。我只是不想成为别人的艳遇。每次眼前一亮，心跳加速的时候，都那么愚蠢地以为，天长地久的爱情的伟大旅程，终于启程了。却又总是在戛然停电的时候，才恍然，原来他妈的，只是一个狗肉包子，又是一个小小艳遇，而已。

但其实，每年的年终，习惯于盘点的不仅仅是今年挣了多少版税，看了几场话剧，玩了几个地方，买了几件名牌，吃了几回大餐。总还有几张或者模糊或者清晰的面孔在脑子里回复晃动。或者是女人，或者是男人。有欢欣，也有心痛。心痛的是某张男性面孔背后的，我的付出，我的缠绵悱恻。有时候是一相情愿，有时候是两败俱伤。为什么皆大欢喜的时候几乎没有呢，情商闪亮登场的时候总是不多。

有艳遇的时候，为艳遇所伤，所累。没有艳遇的时候，又感觉人生的寂寥、无趣。如果艳遇只是一场游戏一场梦，那艳遇就只是艳遇，接近于胡闹。如果艳遇是两情相悦的真情交汇，那艳遇就是一次精神大餐，是上帝送给你的最好的礼物。

京城的东长安街上，有一家美国味31种冰淇淋彩色小店。每次走过，我都又兴奋又难受。踟躇不前，好几次都是过其门而不入，心里因为拿不定主意，感觉很受伤。没有女人不爱甜美的冰淇淋的，就像没有女人不渴望遭遇爱情。女人又无不恐怖冰淇淋，是因为惧怕发胖。好比女人在情感的角逐里，总是充当受伤的猎物，而不是冷酷的枪手。何况，31种冰淇淋，每一种都很贵，贵得很离谱。就像每一次的艳遇，你其实付出的心力精力，都足可以去登一次喜马拉雅山，或者完成一部鸿篇大作。

混在京城十年，艳遇了十年。前三年的艳遇，如步步盛开的莲花，处处花开，时时留情。不是我轻佻，是男人太过的热情。却几乎都是以我的微笑开始，以他的沮丧告终。因为，仅仅凭直觉，我就知道，我不用着急，未开的花是最红的。我还有大把的时光可以挥霍，可以随心所欲地筛选男人。

接下来的四年是从容淡定的，选择了有品位的男人，把玩着艳遇的花朵，却窥视着爱情的果实。因为，已经在前三年修炼了一些眼光，具备了一些实战的经验，知道即使是很想定情终身的女子也要把每次的爱情，都当做艳遇来对待。欲擒故纵的把戏，对男人是必要的。因为几乎所有的男人都害怕见面三次就想谈婚论嫁的女人。但是，我是不是因此而错过了几位真心想与我结白首之盟，却在我看似不经意的微笑前却步了的男子呢？一步三回头，但是，他们，终究是，都走了。

这是我在后三年经常痛定思痛，自我检讨的主题。男人和女人的游戏，总是多走一步嫌过，少走一步，又嫌不足。有男人经常自吹的，在不认真处要认真，在认真处却又要不认真的游戏态度，我怎么就始终没有搞明白其中的奥妙。我不得不承认，我在这方面的心智是不够圆通的，伎俩是不够娴熟的。最后，我给自己下了一个情商大于等于零的断语。因为，我至今待字闺中，这是不争的事实。

暮色苍茫，我很忧伤。美人最怕迟暮，我不是美女，当然更怕迟暮。青春的光彩，在时光的锉刀之前，无处可逃，除了缴械投降之外，无力无为。我经常笑谈，今生今世，我不向任何人低头，我却不能不向光阴乞求宽容。

在我心里的焦灼感和沧桑感，还没有大面积地呈现在眼神里和脸面上的时候，我对自己说，大势已去，接下来的岁月恐怕只好我自己好自为之，外松内紧了。原先轻轻松松守株待兔的优势已经尽失，那么，是否也要伺机反守为攻，主动出击才对?

第一要紧做的事情是打理自己的外在。要在可能的范围与程度上，把自己提升到最佳状态。漂亮的衣裙有很多，却大都已经上不了身。我的小蛮腰早已经不是它原来的尺寸。世上的女人，没有一个不觉得自己是胖的，我也是每天鼓励自己，瘦吧，瘦吧，减去十斤，我就接近我的偶像张曼玉了。

光是祈祷没有实际的效用，于是，我每天早睡早起，晚睡也早起，一大早穿上运动装就去社区小公园跑步。跑了很久，从树上落下第一片叶子，一直跑到枯枝上重又冒出嫩黄的新芽。我的体重一点一点地消失，果然就瘦下了好多。而且，就像电视广告里说的，意外的惊喜，也已经在我跑步的路上等着我了。

那是一个高高个子，瘦瘦身材的美少年。每天，他都在我必经的路上，静悄悄地坐在那里读书。好像是努力地温习功课。我瞥了几眼，认定是自学高考那一类的教材。他，不足三十。对于我来说，他是年轻的，对于学生的身份来说，他是在赶末班车。他每天都自带一个可折叠的小板凳，一瓶水，一袋奶。早七晚六，中午时间他也不回去休息。很勤勉，很刻苦。

他也很敏感，感觉到每天有个三五分姿色的女人在一圈一圈地很痴狂地跑步，而且，跑到了他的身后，脚步就会放慢。有一天，这个女人竟然停了下来，也不说话，越过他的健康有力的后背，读他正在读的教材上的那几行字。呵呵。

他却比我更紧张，脊背很自然地挺直了。我在他适应了我的近距离接触之后，开始和他搭讪。几个回合下来，我知道他是中国最北方的村子出生的人。在北京没有什么根基，闯荡了几年之后，有了一点粮食的贮备，就计划拿出两年的时间自学考试，目标很明确，是会计师。已经通过了差不多一半的课程。目前，他与人合租房子，在临近的一个小区里。他大眉大目，端正英气。或站或坐，很有北方男人的威猛。而且，因为年轻，还很可贵地有几分新鲜林木的那份灵秀气。他姓魏。而我，竟然有一天就梦见了他。

在梦见他的第二天，我心怀春梦，跑步经过那里，竟然看到他远远地站在那里，有点像是在等我。他看着我走过来，一字一句地说，你今天有空吗，我请你吃饭。非常直接的眼神和态度。

我有点发懵。而且，那天很凑巧，刚好是我要去上班的一天。我说，改天吧。然后，顿了顿，我竟然问了一句至今想起来都十分懊恼的蠢话。我说，你为什么要请我吃饭？而且语气很硬。其实是源于我自己内心的紧张，以及心怀春梦唯恐他识破的自我防范的面孔。他沉默着看了我一眼，再无话，转身就走了。

我回家后捶胸顿足，也没有用了。大概有整整一个半月的时间，我没有能看到他。等到他再出现的时候，树叶又开始变红转黄了。他就在满地落叶的大树下，旁若无人地读书温功课，没有再理会我。我故意停下来，摆弄他放在手提袋里的其他书本，他也不答理我，呵呵。很有志气的大男孩哦。有一天，我发了狠，在他的书本上写下了手机号码。但是，他从没有联络我。

与此同时，有个有妇之夫，儒雅的成功的中年男人宋，经常骚扰我，想要约会我。我很爽地去赴饭局，却从不带他回家，也不跟他去任何私密的场所。只动嘴皮的调情我应该算是个中高手，但就是装傻，迟迟地，不肯按他的明示暗示来完成一个艳遇的全过程。

那么，我究竟在等什么呢？

与年轻的魏，我是艳而不遇。与中年的宋，我是遇而不艳。

说到底，我要的不只是一场艳遇。从一开始，从接受男人送的第一瓶香水起，我其实期待的就不是一场他妈的艳遇。我想要的很多，我想要魏的下半身，还想要宋的上半身。想要魏的青春勃发，也想要宋的坚实根基。

或者两个都要？或者两个都不要？都非我所愿。

谁都不要，我的人生太过无趣，太寂寞。谁都要呢，那我不就成了茶花女赛金花的后裔？

记得曾经有个男人启蒙我说，你啊，至少要储备四个以上的男人。一个男人有权，能送你荣华；一个男人有钱，能供你富贵；一个男人年轻，能随你使唤；还要有个男人智慧，能为你出谋划策，成就大事业。呵呵，那时的我，初出道，还很嫩。只觉得满腹的胃酸涌动让我很不舒服。但脸上还是矜持着，微笑着的。最后，被逼急了，就很直接地反问他，那你以为你是谁?

现在想起来，这个曾经被我呵斥的男人，其实也有点委屈他了。因为，他至少是出于一片想要指点我迷津的好心。所谓苦口婆心，良药苦口却利于行。而且，他的话其实不无道理。就像前不久，我整理书柜，翻到了卡耐基的书。重温了几页，不由痛心疾首地长叹，为什么十年前我对他的道理置若罔闻？我要是按照他老人家的指示一步一步走到今天，早已经功到自然成了。荣华富贵不敢说，嫁一个甚至两个好男人总应该绰绰有余吧。

可惜，悟性不高的我，坐在那里认真重温了大半天的卡耐基，到末了，他也还是没有明确地告诉我：眼下，我的艳遇究竟要不要进行到底？又如何进行?

夜凉如水

我放弃一次次艳遇的最终，是放弃了自己可能有的整个人生。过于清醒的头脑，导致过于寂寞的身体。清教徒的生活。不可取，却是我无奈地在过着的。

当所有的感情际遇，都是空心的，虚幻的，如昙花一现的玫瑰花蕾玻璃球，拒绝，不期然地，竟然渐渐成为我的，一种很自觉自为的行为方式。

挥一挥衣袖，不带走一片云彩的潇洒，我是有的。但那只是表层的妆饰。犹如是一本书精装了纯羊皮的封面，徒有骄人的外壳。内心的我，是忧伤的，无望的，寂寞的。

所以，当艳遇如雨后的春笋，适时生长出来的时候，我的拒绝很多时候是那么地犹豫不定，欲纳还拒地呈现出一个个暧昧的，深浅不一的微笑。

我的裙边不乏这样的高手。他们看得懂我的微笑里的很多层次。于是，猛打强攻，想速战速决的人，在我深闭城门不理不睬之下，郁郁寡欢地走了。也有的审时度势，见面一两次后，他已经很聪明地断定，与这个女人交往，时间的成本太高。就像一部多卷本的长篇小说，冗长而完全不可预料结尾。他不堪重负，不战而退，也走了。

却有那么一两个人留连往返两三年了，他们不远不近，不即不离，不黏不弃，总是在你有安全感的外围游走。偶尔到你的窗下唱一两首歌似的，季节性地约你吃一两顿饭，看看你的状态如何，还是那么鲜活吗，脸上长皱纹了没有。然后，看似不经意地抛砖引玉，说几句不痛却痒痒的俏皮话，暗含挑逗意味。

如果我还是报以一个深浅莫测的微笑，他们就心领神会地只说些国际国内风云变幻的大事小事，再不烦我。却每次还是耐心又殷勤地送我到楼下，留下了可以随时见面的余地和余热给我，也给他自己。虽然，我会很长的时间不再听到他的消息，看不到他的身影，但逢年过节，他们的电话或者短信总是温暖而稳定的。

端木就是这样的一个男人。我和他认识了多年，有共同出入的社交圈子，圈子里有不少疏密不一的共同的朋友。可是，两人却是很少有机会在同一个场合同时出现。很偶然地大型饭局上的巧遇，说给旁人听的对答闲话里也是绝对地轻描淡写，不容别人有一丁点的胡乱猜想。

其实，对他，我不是完全不喜欢的。

只是，他一出场就是别人的老公。就像看着别人家的田地里的耕牛，好归好，不会轻易就动顺手牵牛的歪主意的。何况，别的女人的私家财产，哪是轻易牵动得了的。除非牛自己想吃另一块田地上的青草。

每次他邀请的一对一的烛光晚餐，我总是去的。一来，与他聊天谈话是有趣而无害的事情，又有美味，何乐而不为；二来，我需要建立自己恒定而有质量的生存系统，他的个体质量是足够资格的。三来，他不但聪明而且十分得体，非常懂得己所不欲勿施于人，己所欲也勿施于人的人际进退原则，从不曾心血来潮地拿他的欲望来压迫过我。偶尔地季节性的约会，彼此没有疏远，也没有升温地过了平平淡淡两三年。

今年，我积攒了几年的愿望终于实现了，我买了一辆漂亮却也很实用的车。有驾照，但零公里的驾驶经验使我惶惶不安。屏着呼吸，尖着嗓子做小女人娇柔状，捧着通讯录，打了一圈求助电话也没有几个人爽快地答应陪我练车。勉强答应的几个，也是时间与地点不凑巧地做推委状，这大大地伤害了我。

那天，我坐在一块荒地的石墩上生闷气，自怨自怜。别的女人，或者有老公，或者有情人，或者出入有人车接车送，或者再昂贵的轿车，轻飘飘地也有人送来，平常如生日礼物的大蛋糕。我怎么就如此不堪，流了至少有三年的汗水换来的薪资，才有今天的资格做个有车族，怎么就还请不动一个男人来陪我练百十公里的车。京城如此浩渺，我怎么就活该如此地被人忽略吗?

我深深怀疑自己，过去自以为精明圆通的为人处世的原则是不是太过于学究气了。国家宪法还得每到一定的年限就要补充修改，我的单身女人生存游戏的潜规则似乎也应该与时俱进才不至于落伍吧。要不，何至于落得今天孤家寡人的穷途末路。就在我痛苦检讨自己的时候，我突然眼睛一亮，头脑清醒地想到了一个人，端木。

我竟然忘了他了，他会来吗?

他不欠我任何人情，却是我年年岁岁蹭了他不少饭吃。令我永远感动的是，他居然二话不说，在第一时间里开着他的大奔飞快地来到了我的莽荒之地。

在那一个瞬间，我真的好想抱抱他。

但我没有，呈现的永远是习惯性的亲切而有距离的微笑。他倒是不很在意我的反应。只是简短地说，今天事情太多，只能练两个小时，明天有空我会电话联络你。第二天，他竟然也来了。

半个月后，在他的悉心指导下，我已经在荒地上练完了泊位技术。又从五环路，换到四环路，三环路，最后勇敢地进到了二环路。呵呵，我颇为得意地一点一点地感知自己的进步。纤纤双手紧握方向盘的感觉已经很到位了。大脑里也已经很有方向感了。

这半个月里，我对他的了解也迅猛升级。包括他几年前经历过的残酷车祸的全部细节。最重要的是，我真切感知了他的优秀。他本不是多话的人，在每天的练车过程里，他的话很少，但是，关键时，他的思维会在瞬间呈现出很强的张力。其力度，不在危急时分亲身临场感知，是很难体会出来的。而好几次他都让我举重若轻地化险为夷。事后，我一身一身的冷汗，他却轻描淡写得很，还夸我反应快。

只有一次，红灯闪亮，我减速太慢，刹车太轻，与前面的一辆宝马只差一厘米的距离。他下车勘探之后，回来嘲笑地对我竖起大拇指。但并不多说我。呵呵。他让我在短短半个月内，成长为一个可以奔走长途的驾车手。此外，夸张一点说，我觉得自己的临危不慌不乱不惧的应变能力乃至智质水准，也相应地快速提高了一个半挡位。

他却是不开心的，我看得出来。心底的隐忧尽管掩饰得很好，但是，在他对我的驾驶技术还没有完全放心的时候，他就已经心有旁骛了。这只骛是他美丽的妻子。他不接电话，短信也不看，并且说他最近住在宾馆里不想回家。

我不敢追问究竟。他却已经自动把我升级为红颜知己。他说，妻子最近已经刷新了连续72小时上网游荡的新记录。偶尔的下网，就是打扮一新出门会见网友。他花了重金，请网络黑手破解了妻子电脑里的全部秘密。妻子的几桩花前月下的浪漫重重击溃了他。他却能在如此不堪的情况下，不动声色地跑来跑去陪我练车。

那么，是因为我对于他重要吗，我不敢也不会做如此设想。妻子和他是共同辛苦创业出来的鸳鸯搭档。凭着一个女人的直觉，我知道他与妻子的情结是轻易打不开的。临别时，我安慰他说，放心吧，你的妻子之所以如此贪玩，是因为她知道自己在老公心目中的分量。她怎么做，你都会原谅她，不会动离婚的念头的。在你们之间，你在意她，比她在意你要多一些。所以，你要受点苦，仅此而已。

他很吃惊地看着我，说，你怎么会知道这么多?

呵呵，我是怎么知道的?我为自己的聪明一次一次付出的代价是，每次感情的机遇迎面而至的时候，我能在最初的三刻钟里感知它的来龙去脉。所以，我干脆全部放弃。美妙的开始，缠绵的过程，以及不堪的分手，统统都不要。可是，平凡人生，不也就如此吗。我放弃一次次艳遇的最终，是放弃了自己可能有的整个人生。过于清醒的头脑，导致过于寂寞的身体。清教徒的生活。不可取，却是我无奈地在过着的。种瓜得瓜，种豆得豆。性格即命运。那么，我是这样的人，也就只配过这样的人生。我能抱怨谁呢?

练车告一段落后，我和他之间的暧昧升了几级。虽然见面很少，见了面，我也反而比过去更要拘谨。因为，不知道拿他怎么办的困惑，深深侵扰着我。甚至在梦境里，我的灵魂与身体也在殊死挣扎着。这在过去是从没有出现过的。呵呵。

可是，就在刚才，他有电话来，先问车况如何，需要援手否，然后调侃，继续挑逗我说，夜凉如水，需要焐脚的男人，别忘了叫我。我哈哈大笑，不用了。多谢。并突然横下心来，很决绝，很放肆地狂言，我已经想明白了，借别人的老公用一用，承一时之欢，仔细想来，终究没有多少意思，不如不用。就好像是一剑封喉，他语噎了，再无话。没有说再见，就突兀地挂断了电话。

呵呵，夜凉如水。每次看似轻描淡写地拒绝挑逗我的男人，其实放下电话的时候，我都要持续伤感若干分钟。而今天，忧伤的潮水已经无边无痕地侵袭过来，渐渐浸漫过我的床头，我的身体，我的每一寸肌肤。

可是，不这样，我又能怎样呢?

世上已经没有男人可以嫁

尽管他出身于南疆农村一个不毛之地，但他的一袭米白色休闲装，把他装点得山光水色，简直是让我大喜过望。说一句过分的话，看到他，就觉得我真应该结婚了。

一个人的日子已经很久了。岁月在期待与茫然中飞一样流逝。一不小心居然就成了资深的单身女性。静极思动，前不久，我鼓励自己要直面人生，并且要立即付诸行动。

于是，我就以百分百的真诚拟了一份征婚告白：

我住京郊，绿色公园边上一栋暖色的二居室里。

我的工作是坐在家里写文章，有时出去采访。

清晨或者薄暮时分，我会到公园里散步，放松和激活自己的身体和思维。

每一次路遇婴儿车里的小天使，他（她）的微笑就让我相信一次：

在这个世界上，除了单身之外，幸福还有另一种可能性。

那就是找一个好男人结婚，祥和而温暖的日子里，一家人快乐地安居。

我想，我和你一定是互相喜欢。一见钟情最好。其次，慢慢了解后的温情也很重要。

我相信自己是一性格快乐平和，爱心丰沛的女子，喜欢与人交流。

愿意尽可能地理解和尊重对方。

我很努力地工作，所以，在经济上我也独立，养房养车养自己。

所以，希望未来的你，也是性格饱满，充满爱心的人。

你有一定的事业基础。或者至少有一个自己喜欢的职业，经济上能自持。

我没有经历过婚姻，假如你经历过，也没有关系。

还有，如果我们走在一起，要共同经历未来人生的风风雨雨。

我们都要有一个健康的身体和同样健康的心灵。

另外，我是某年某月某日出生，我能接受的你，是比我大或者小，不超出5岁。

相信我的真诚，然后给我写信。

地址：黄樱桃@163.com

征婚告白写完后，颇为自得。想象着全人类的优秀男子都会看到这几行字，并且心有所动。于是乎，纷纷前来应征，我的信箱挤满了世界各地雪花一样丰盈的来信，呵呵。真是大白天做大梦，想得美。

如何让全世界的男人都看到我的征婚告白呢。闺中密友小婉毫不犹豫，直接把它贴到了新浪网上，并嘱付我静候佳音。但是，24小时，48小时，72小时过去了。信箱里的垃圾邮件堵了好几次，而我等候的白马王子却迟迟未到。

好像全世界的男人都变得矜持了起来。难道是我已经太老了吗？可是，总有比我更老的男人活在当下啊。

我自作主张换了一个网址再贴。换换风水再说。果然，这次风起云涌，第二天一开电脑，就惊诧排队等候我检阅的男子有一十二个，整整一打。不过，我很快发现只不过是泡沫经济，虚假繁荣。这12个男子良莠不齐，而且，态度不很端正。言语失当，口气轻浮。不用多费神就知道，都不是什么好鸟。

怎么办呢，再等等看吧。半个月内，我的信箱就像一个大大的水果筐，五颜六色的各色水果纷繁复杂，好像全社会的不同种类的族群都在我的信箱里报到。猎奇的，谩骂的，挑逗的，淫秽的，畸形的，好奇的，无聊的，弱智的，真正是江湖险恶。呵呵。删繁就简，去伪存真，简直是化腐朽为神奇，我把感觉还有几分真诚意味的男人单挑出来，归入我比较认可的苹果类。

当然，从俗世的要求来评估，他们的各方面条件也还过得去。如果他们说的都是真话。其他的，统统做了永久删除。而被挑出来的苹果类男人，仔细推敲，斟酌，也是烂苹果居多，看上去不错的好苹果也就几个。我锁定了三个貌似好苹果的男人，通过来往信件作了进一步的沟通。感觉没有大碍，于是，把我的手机号码给了他们。电话里聊了几次，三个男士的谈吐好像也都不算太俗。似乎还是有见面的价值。

这是一个职业平面设计师。就职业来说，与我或许不存在沟通上的困难。所以，我把他放在首选的位置上。但这是谬论。事实证明，人与人的差别，是远胜于职业上的分别的。

按习惯，任何意义的约会我都会提前十分钟到。不管对方是男是女，是老是幼，为的是不让自己气喘吁吁地有碍形象。北京实在是太大了。约会的成本很高，时间、金钱和体力，何况我住的是京郊呢。

本次的约会地点是由这位设计师定的。他知道我住的方向位置，但他还是选了离他的家门口只有几十米远的，南三环上的一个茶屋。呵呵，我在他的分数单上，已经给他减去了三分。他肯定是一个自我感觉中心论的男人。因为，他可以慢悠悠地五分钟内走到，我却要驱车1个多小时。但是，我笑笑，认可了。心宽，气定，神闲，是我给自己制定的征婚进行时的六字方针。

早到10分钟的我，又等了有15分钟的光景。我微笑，释然，紧张的脊椎放轻松了。因为，这是一个我不必再小心刻意去周全的人。他的不优秀已经显而易见了。

想象力再丰富，我也没有想到他竟然是如此的一个异类。

他的头发不很长，很整齐地用红头绳捆在脑后。漂染了几缕粉绿粉红色的头发夹杂其中，多了几分怪诞的味道。这也不算什么，我好歹在京城也混了多年了，什么样的鸟没有见过。不就是头发长了一点，漂了二点颜色吗。但是，他人未坐定，先从口袋里掏出了三整盒香烟，两只打火机放在他的右前方。

我不明其意，但我已经打定主意，见怪不怪，不发问了。虚礼寒暄过去后，他问我的第一个问题是，你最近交往过的男友是什么时候的事情了？

我很认真地想了半刻，很老实地回答他，是“非典”之前的了。

那你和他为什么会分手？

我还是想了想，仍然很老实地回答他：我觉得他不优秀，修养没有到位吧。

那你认可的优秀男人是怎么样的？

我笑。但我并不反感回答这样的问题。我说，一个男人的修养有三个层次。第一个层次，是他在自己的事业领域里是否拿得起来。你不要求他引领风骚，但至少能托得住他自己的事业理想。这样的男人，他在社会层面上立得住，他的精神空间才有稳定的架构。其次，他的性格张力是否罩得住，他是否受身边人的欣赏，得到亲朋好友的喜欢。他的亲和力如何？

而对一个想与他亲密交往，并想奏响婚礼进行曲的女人来说，最重要的是第三个层次：他在床上的表现如何。他是否生猛固然重要，但比生猛更重要的是他的“性修养”。他的性道德水准如何？双人床上的男人，有的只是匹夫之勇。他只是想占有一个高地似的勇往直前，全然不考虑对方的心理和生理的感受。他对自己没有丝毫的保护意识，对女人当然更不懂得如何呵护有方。与这样的男人建立亲密关系，那是如履薄冰，说不定什么时候就陷入危险的境地，万劫不复。

可能是我的叙述很直接很大胆吧，他终于绷不住，哗然大笑。然后接着问，那你们交往了多久有亲密关系呢？我心想，怎么就给他套住了。但我完全很无辜地摇摇头说，还没有来得及进入第三个层次，著名的“非典”就开始了。

那如果没有非典呢？

那也不会有第三个层次的交往。因为，他是离过婚的。而他居然在三年内没有去见过自己的女儿。只因为他的女儿还很幼稚的时候有一次任性地说，以后请你不要再给我打电话了，我不想听。果然，他就从此放弃了女儿。我觉得他很冷血。对自己的女儿尚且如此，不敢想象，他对别人会怎么样地冷漠无情呢。

我说话的时候，他已经不间断地从他的三个烟盒里分别取了三根烟来抽。九根烟的品牌不一，焦油的含量，烤烟型与非烤烟型肯定也不一样。只看过好酒的人，会把白酒、红酒和啤酒，轮番着喝，我却是第一次见识，原来烟也可以这样软的硬的，轮番着抽。呵呵。但是，如果他喝的是酒，我还能闻到酒香。眼下，我却只能饱受烟熏火燎的痛苦。眼泪已经哗哗流淌了，而他却完全没有愧色地在继续。

我想自己要坚强，千万不要临阵脱逃。因为，该轮到我来发问了。我如法炮制，把他问过我的问题，一一丢了回去。

他想赖，批评我说，怎么一点创意也没有，只会跟屁。我说，只要你回答得有创意不就行了吗。

他支吾了半天，不肯说。我不耐烦了，我说；很可能是你的大烟筒把她给熏走了吧。

他很吃惊，你怎么知道的？我们同居了半年，她终于受不了我的嗜烟如命，命我戒烟。我做不到，她就让我在烟和她之间选择，我说，我都要啊。她第二天早晨拎起箱子就走了，再没有回头。

我说，我很佩服她呢。因为，居然她与你共处一室，同床共寝了半年才逃走。很有毅力啊。

我制止他继续点燃第N根烟的举动：你慢半拍行吗，等我走了，你再点吧。呵呵。

我走出茶屋，第一时间里就开车到最近的一棵大树下透气，换气。窒息的感觉才讪然而退。

总结第一次的经验教训，我发现自己的失误在于，根本没有问清楚对方抽烟喝酒的情况。于是，在我约第二只苹果见面的时候，我就很明白地问他，你抽烟吗？他很明确，绝不含糊地说，不抽。喝酒吗？偶尔吧。

那就见面吧。这次的见面地点，他很绅士地说，由你来定。我就约在两人位置的中间地带的仙踪林饮品屋。

我仍然提前了十分钟到，坐下，要了一份红豆冰沙。却不料，从旁边的位置上移过来一位先生，非常有礼貌地问，你是樱桃吗？他居然比我还早到了5分钟。

他看上去不错，穿衣举止中规中矩，谈吐也不温不火，透出成熟男人的儒雅。品位似乎也不算俗。有所谓成功男人的历练，却不能不觉得他略微老了一点。四十有几，岁月没有留在他的额头，却是深深印在了他的眼睛里。当他定睛看着我时，不知道为什么，让我不是很舒服地焦躁不安。他大概想在最短的时间里评估我，是不是值得他下工夫，以及下多大的工夫。

海阔天空聊了一通，在我刚想要走的时候，他的手机突然很欢地响了。他示意我等他几分钟。他接了电话，说了几句很家常的话之后，很自然地顺口说，你先睡吧，不用等我了。那种亲昵是只有对老婆或者孩子才有的口吻。

说完，他注意到我的脸白了，才明白自己的口吻不是很对。他却也有定力，直视着我，很清楚地吐字，说，我不瞒你。我有太太，而且短时间内不会离婚。因为还有两个孩子，小的才两岁。

“呵呵。今天怎么啦，又不是鬼节，怎么出门就碰见大头鬼。”我故作姿态，微笑着对他说。可是，一转身，我想起小学课本里的《木兰辞》，磨刀霍霍向猪羊。只可恨，小李飞刀怎么就不是我的亲哥哥。

还要赴第三次的约会吗？我犹豫了。

可是，约会的时间已经提前定出去了。再说，不入虎穴，焉得虎子？我就不信，自己失误了两次，难道还要有第三次？老祖宗说，祸不单行，也没有说三行。临行前，我吃了一公斤的葡萄、三瓶光明酸奶，以壮行色。

还是意外，一个很大的意外。只可惜因为版面有限，不能在这里展开了说我的故事。

总之，意境里的白马王子准点出场，他是一个受过西方科班文明熏陶的海龟，是我的苹果档案里学历最高的。尽管他出身于南疆农村一个不毛之地，但他的一袭米白色休闲装，把他装点得山光水色，简直是让我大喜过望。说一句过分的话，看到他，就觉得我真应该结婚了。

一连约会了三次，每次我都乘兴而来，而没有失望的。第三次分手的时候，他说，他的车坏了，送修理厂了。我很当然地说，那我来送你好了。他住流星花园别墅区N栋，离我住的绿色花园经济适用房不很远。星光迷离中，他欲言又止的样子，眼睛里满是颓废。我问他，是不是累了。他点烟的手，苍白，细长，微微颤抖。烟却有种特别醉人的香味。过了很久很久，另一个很偶然的不相干的机会，我才明白，他一直不停顿地抽的，原来是大麻。

他在花园小区大门外下车，风度很好地站在那里，看我笨拙地倒车。在我就要走的时候，他突然走近我，说，要不要进来喝一杯茶。那天，我真是累了。因为心情高兴，燃烧了太久而累。在我婉言谢绝的时候，我好奇怪地感觉到他如释重负的样子。

从那天以后，我再也没有见过他。他的手机不是不在服务区，就是关机状态。往他的电子信箱写信，也是泥牛入海。半个月后，我已经很平静面对这件事情，但很想知道究竟。就驱车到了流星花园。找到了N栋，却是一座经年荒废的独门小院。大门虚掩。我在空廓的房间里走来走去，没有寻觅到人间的一丝活气。呵呵。

没有第一夜，哪来第二夜

当天亮以后就分手的一夜情在每一个城市和乡村泛滥的时候，我却怀疑。一夜情，在注重感受的女子的心里是一夜的情；而在注重感官的男子的眼里只是一夜的性。

作为一个单身女子，尽管只有三分颜色，却还是很容易被身边的男人锁定为一夜情的候选人。大概他们觉得我是寂寞的，并由此认定我是不会拒绝他们的热情服务的。何况，我寂寞的时候，与闺中女友打电话，也经常口出狂言，要把身边的靓男尽管是别人的老公，借来用用的。

但也只是口谈风月，过过嘴瘾，如此而已。

当天亮以后就分手的一夜情在每一个城市和乡村泛滥的时候，我却怀疑。一夜情，在注重感受的女子的心里是一夜的情；而在注重感官的男子的眼里只是一夜的性。如此不对位的演出，各取所需，原本也没有什么不可以。但看得清楚想得明白的我，却不想自欺欺人。于是，面对热情的男人们，拒绝已经成为我习惯性的自觉行为。我不觉得这样就是好，但至少没有什么不好。因为不用一个人眼泪汪汪地收拾残局。

这样的日子，清净无为。近似于入了道门。心里却是不甘心的。因为还没有太老，在三分颜色还没有完全退尽之前，总想着还有放肆的日子在前面等着我。我却因此已经浪费了多少个春天，多少个秋天呢，是从不敢去细想，去掂量自己的损失的。我就像一个眼看着对岸的女人年年丰收，而自己家的稻子永远干瘪歉收的农妇，惭愧不已。

无奈之极，只是徒劳地给亲近的友人胡乱发短讯：一个人的冬天，一年比一年冷。心里却暗暗发下毒誓，明年开春的第一件要紧事情，就是猎色，主动出击，把身边的男子一网打尽；同时也要战略多变，守株待兔，照单全收。如此这般，青菜萝卜大丰收，方解我郁积多年的心头之愧。

果然，树梢还没有几片绿丫，我的信箱就收到了一封重量级的信。他说，你在哪里，我找了你十年。今天从网络上找到了你的网页，尽管照片的清晰度不够，我还是断定你就是我在寻找的那个女子。你嫁人了吗？

他是我十年前在读研究生时，在校园里邂逅的访问学者。当时他对我好，我却没有回应给他，因为，他是有太太的人。我努力压住心头的汹涌，稳了一天才给他回信，告诉他，我还是单身。但是，说实在的，我已经不记得他的模样了，却清晰地记得他曾经对我的热情。这是我有生以来获得的来自异性的最有爆发力的热情，由此我相信一见钟情不是虚幻之语。虽然美中不足，热情仅是他单方面的。但对女子来说，被人钟情总是值得欢欣鼓舞的事情，我对他的回忆是温情而快乐的。

当然，我也没有忘了问他一句：那么，你呢。爱情圆满吗？

他的回复是：还在城中。

我目瞪口呆：如果这样，你找我又有何意？

我们见面聊好吗？我想尽快到你住的城市来看你——我能住到你家里吗？

欢迎来访，但你不能住在我的家里。

为什么不能？

我期待重逢的喜悦消解了一大半。等了半天，他见我没有回信，电话就追了过来。

我有点烦他，就准备一剑封喉：我已经明白你了。你也就是想和我一夜情而已。对不起，恕不奉陪。

他也急了：没有第一夜，哪来第二夜，难怪你到现在还是嫁不出去。

我也气急，拍了电话，再不理他。因为郁闷，就给闺中密友说心事。她却两眼一眯，笑成一团：真是经典。我同意他的说法。没有第一夜，哪来第二夜？是你落伍了呀。

也算网恋了一把

每次我坐在热闹的地方，心里都很空。因为周边的人，所有微笑着轻声细语的人，我都是带不回去的。他们跟我都没有关系。现在也包括他。

很久没有因为男人而激动了。

可是，这次却是很不一般。一个从未谋过面的网上男友，使我浑身的细胞都鲜活了起来。从来都是鄙薄男男女女们虚无缥缈的网恋的。多浪费时光啊，以前的我经常作这样的评判。而现在，每天挂在网上，只是为了在第一时间看到他的来信，然后在第一时间回复他。情绪的饱满与急切，真的是从来没有过的。他在南京，我在北京，又是在虚拟的网络里沟通，可是，竟然也可以如此地亲近。

接到他的第一次来信，我的回复其实是出于误会。我误以为他是我一个不很相熟的朋友。等到我发现自己的错误时，我居然不动声色。我敏感到，一封陌生人的来信，却让我误以为是故友，或许是有契机涵盖在里面的。我不愿意告诉他真相，而对他有所打击。如此体贴一个从没有见面的朋友，在我也是史无前例。

不告诉他真相，其实更是为了维护我自己的感受。因与他沟通而获得的快感，我不能轻易地放弃。即使只是让这种快感，受一丁点儿的影响，我也是不愿意的。

这种种感觉就近乎恋爱了。

几个回合之后，我的感觉里最强烈的是，我和他是一条道上的人。每次，我的一句话才说了半句，他已经在那一端把我要说的话打了出来。或者，他刚刚找到了一个思维的出口，我已经快半拍，在前面堵住他了。

一个女子，与一个男子，作如此酣畅淋漓的交流，没有一点儿心理与地理上的障碍，也完全没有现世的功利，我是觉得是近乎传奇的。尤其是在这样一个羽毛乱飞、心气浮躁的时代，我是如此安静，全神贯注地倾听着他的每一次撞击，感受着他每次撞击之文字与思想的张力。

这种种感觉，也近乎高潮了。

虽然我们不明打一句与性有关的挑逗淫语，可是，却每一句话都意味深长地让我亢奋呢。呵呵。

这种长达一个多月的高峰体验，已经打破了我生活的常态。飞翔的灵魂已经在天空里飞得太久了。长时间的失眠病症，让我禁不住想要着陆。但是，见光死的恐惧却使得我们一次又一次推迟了。

可是，树叶已经萌生绿意，樱花先开了。杏花也开了。紫堇花也开了。而红红白白粉粉的桃花终于也开满了庭院。我们见面吧。我们同时发出呼唤。

于是，几天后的一个良宵。他就坐在我伸手可以触摸的对面。我对他充满渴望。可是，我已疲惫不堪。

他的眼光很毒。不到半个小时，他已然从我的眼睛里看出了我的压力，我的疲惫，还有我的拒绝。但是他不可能知道，每次我坐在热闹的地方，心里都很空。因为周边的人，所有微笑着轻声细语的人，我都是带不回去的。他们跟我都没有关系。现在也包括他。他与我想象与感受到的，是如此的一致，儒雅，优秀。他确是我钟情的那一类人。

可是，他竟然是有家室的人。

再过两个小时，我也就看不到他了。即使把他带回家了，他还是要走的啊。呵呵。我却还有很多的夜路要走，不知道还要走多久的夜路，一个人。

乍暖还寒的春夜，薄衫飘飘的我，没有敢去拥抱他，只是紧紧搂住了自己。

在可以拥抱的距离里相爱

不管敲门的男子是貌比潘安的天使，还是披着羊皮的狼，都不重要。重要的是伸出双手就能触摸到的美丽诱惑，张开双臂就能紧紧拥抱的温暖。世间食五谷的凡俗女子啊，谁能够面无表情地拒绝呢。

曾经收到过一次订婚戒指。白金的，镶嵌了闪烁的钻石。但是，我下定决心与之结婚的郎君，却是在海外漂着的人。我与他，终究是远距离地好事多磨，磨到最后，我的心态已经是悲情城市里的风，凉了。

已经没有意义的戒指被我轻易地转手送了出去。前不久，在一个月明心虚的夜晚，我突然记起，立马在箱笼里翻来覆去地找，就是没有，心里就是一惊。打电话问母亲，因为，我的很多宝贝都是让母亲收着的。母亲说，你不是已经送给谁谁谁做礼物了吗，这会儿却来寻我要。当初我劝你留着，你就是不肯。说是放着心里发苦。

想起来，那是我第一次接受钻戒，心态是很庄重的。确实是重重的一份承诺。他是我研究生三年的同学。毕业的那年，他在日本的姐姐帮他办好了签证。临行前，我们完成了三件大事。一是见他的父母；二是去王府井百货大楼买了这只钻戒。是他母亲指定的地点，说是那里的东西买了放心；三是到五星级饭店开了房间。呵呵。海誓山盟了一个通宵，第二天他就坐上飞机走了。那天，最后的拥抱里，两个人的眼睛潮红，都有隐忍的泪花在闪着。

半年内，他每天晚上给我打电话。电话卡集了厚厚一沓，他说，以后给儿子做成扑克牌玩吧。后半年，他说是忙，电话的频率慢慢缩减成了一个星期一次，一个月一次。后来就是不定期，有事情才打。有一次，他给我打电话，我与一帮文化人去了郊区度周末，山区里手机通通没有了信号。他开始狐疑了。第三天我回到了住处，发现他的传真一张张铺了一屋子。通篇的不信任，加上抱怨。两年里，他只回来了一次。他的眼角、头发梢里，却有说不出来的异域的陌生感渗透给了我。我不敢任性，尽量创造温馨愉悦的氛围给他。却只是，被窝刚刚焐热，他就又走了。奇怪的是，我们的眼眶是干涩的，再没有打转的泪花。

而我在这期间签证了两次，都被拒签。电话里“牛郎织女”的互相调侃的劲头，在第三年已经冷却成了两地的天气报告。尽管，在我的心里，已经是不止100次的呼喊了：亲爱的，求你过来抱抱我吧。到最后，大家都已经知道悲情的结局。没有欺骗，也没有争斗，只有对茫茫星空，对可望不可即的遥远距离的妥协。

经常是夜半惊醒，在小屋里徘徊良久。梦里出现的他，面目也是令我心痛的越发模糊。只是不肯承认，谁也不愿把分手的话先说出口。但是，我知道他已经开始和日本的短裙子的妹妹约会。而我自己，每个周末也不肯再傻傻地独自做沙发土豆。新的情感机缘已经随着一天一天新鲜的阳光雨露，滋润我寂寞孤独的心田。呵呵。

如今很多年过去了。偶尔想起那寂寞不堪的两年半的等待，心里还是会发憷。想象那个古代的望夫石女子，她到最后至死坚守的还是她的爱情、她的丈夫吗？她难道不知新婚一别的丈夫早已经跨洋过海，在天际的那一头娶了新妇，生了娇儿？无论是口口相传的民间故事，还是被史学家收编的贞洁烈女传，如此痴情等待的，在不可以拥抱的距离里，坚持着爱的女人，她爱的也许只是自己的情爱的感觉记忆，或者干脆就是一种行为习惯。

专家说，任何一种行为细节，如果重复了90次，就有可能成为一种心理需要，一种习惯行为。呵呵。想想还是发憷呢。

现代社会的生存环境，谁如果还对自己这么狠，大概有两种可能性。一个是她或他，没有足够的魅力，不能引起周边人的追求；还有一种可能，就是她的心是真狠。不是对别人狠，是对自己狠。铁石心肠，冷若冰霜的人，是病态的人，是生命力欠缺的人。如果一个独居的女子，她家的门铃响了99次她都有可能不理不睬，但第100次的瞬间，她肯定就晕菜了。她一定会去打开她的心门。不管敲门的男子是貌比潘安的天使，还是披着羊皮的狼，都不重要。重要的是伸出双手就能触摸到的美丽诱惑，张开双臂就能紧紧拥抱的温暖。世间食五谷的凡俗女子啊，谁能够面无表情地拒绝呢。

当然，可能性还是有的。那就是她或者他，身和心都已经老了。但是，即使是有一天，身和心俱老，老得只能守在火炉边读《红楼梦》，我也还是希望，在上帝的终极关怀之前，我的身边，有一个互相依偎取暖的老伴。或者一条老狗也行。它懒懒地依偎在我的脚边，也能传递给我一份世间的温暖。

世间的浪漫，要靠女人自己来创造

知道自己不属于上流社会，但是也不甘心下嫁到草根族类里去，每天要操心油盐柴米，10块钱的消费也要十分钟的内心挣扎，还只能求个温饱。

一个女人的浪漫，恐怕需要至少两个最基本的元素，一个是她心仪的男人的参与，还有一个就是金钱。多年前，我还是花样年华，有几分天然颜色，自然就有不少的男子追过三条街来送我玫瑰，送我浪漫的好心情。

可惜，他们送我的浪漫都稍显轻浅了一些。因为他们都比较穷，没有宽敞的大房子，也没有车。或者，有房有车的男子却不是我心仪的那种举止儒雅谈吐潇洒型的。他们的恶俗让我感到无聊，有时甚至是窒息。浪漫的感觉是比玫瑰的芳香更脆弱更稍纵即逝的。经常是他送的法国香水还没有使完，却已经不喜欢接到他的电话了。有的男子喜欢痴缠，每天几个电话烦你，在办公室楼下等我下班，以为这就是浪漫。他居然不懂，如果已经不喜欢了，这种行为就是骚扰啊。

我就像童话里的灰姑娘那样，干等了好多年。从不敢奢望王子王孙或者名门望族类的人物把我娶回家去。我还是有点自知之明

的，门不当户不对的浪漫是天上飞过的鸟，只能看，也能想，但抓是抓不住的。知道自己不属于上流社会，但是也不甘心下嫁到草根族类里去，每天要操心油盐柴米，10块钱的消费也要十分钟的内心挣扎，还只能求个温饱。

虽然阳光雨露是不需要花钱的，北京的好天气却很少，更多的是坏天气。曾有一位外表俊美的男子约会我，却在寒冬腊月里约我到柳荫公园散步。看似浪漫，但害得我感冒了一个星期。我病刚好，他又约我去紫竹院公园赏月。茶馆也舍不得请我坐，在摊位上买了一瓶矿泉水递给我。可怜的矿泉水可怜的我啊，人和水都快结冰了呀。我在第二次遭遇感冒的恐惧中，痛下决心，了结了这段承受不了的浪漫。我想，我好歹呢，也要在中产阶层里找出一个中上等的体面男子，有情有调，不会缺钱花，还要舍得花，并且懂得钱如何花，才叫做浪漫。中产阶级的浪漫，才是真正的浪漫啊。

可是，真正是人生不如意事常八九。期待中的中产阶级的浪漫却一直也没有降临到我的阳台上。女人最经不起的就是等待了。焦灼不安的等待是比任何坏天气都要伤害肌肤的。于是，自以为还有三分悟性七分聪明的我，就决定了自己来创造浪漫的元素。与其被动地等待别人来施予浪漫，不如自己去创造条件，充分地，从容地去感受浪漫。有一首曾经很流行的歌是这样唱的：

背靠着背坐在地毯上，听听音乐聊聊愿望；
你希望我越来越温柔，我希望你放我在心上。
你说想送我个浪漫的梦想，谢谢我带你找到天堂；
哪怕用一辈子才能完成，只要我讲，你就记住不忘。

我能想到最浪漫的事，就是和你一起慢慢变老。
一路上收藏点点滴滴的欢笑，留到以后坐着摇椅慢慢聊；

我能想到最浪漫的事，就是和你一起慢慢变老。

直到我们老得哪儿也去不了，你还依然把我当成手心里的宝。

我想，要完成这样的浪漫，我必须让我的绿竹摇椅和我的玫瑰地毯有个地方安置。让我浮躁的心渐渐安定下来，就必须有个房子有个家。我通过银行按揭，买了房。在自己的房子里独自浪漫了两年，感觉自己的浪漫还可以跳到升级版，就又按揭买了车。

有了房也有了车的我，经常感觉浪漫情绪都快有点泛滥了，有时简直就是铺天盖地而来。夏天，有月亮的晚上，我通常会坐在阳台的秋千架上晃悠，藤编的边桌上是一堆时令水果和一瓶上好的红酒。灯都熄灭了，只留廊下一盏隐约的壁灯渲染气氛。冬天，落地窗外，鹅毛大雪纷纷飞扬，我给南方的朋友发一溜儿短讯，告诉他们我好享受北方的冬天下雪时的神清气爽。把广州深圳那边经年不见雪花的南方蛮子气得哇哇大叫。末了，我把家里的暖气调到最温热状态，斜倚在美人榻上看第N次的美国经典大片《教父》；春秋好气候，我开上自己的爱车去郊游。方向盘在自己手里，想怎么玩就怎么玩，东南西北任凭我驰骋。打开天窗，让温润的空气吹拂我的长发我的脸。有时候，还会偶尔地与疾驶而过的俊男飙车，尝试做鬼也风流的劫后余生的快感。这大概算得上是超级版的浪漫了。

当然，我的身边少不了一些令我赏心悦目的美少年。女人的年龄慢慢大了，她身边的男人的年龄却越发少年了。有时我也问他们，你，为什么会选择和我在一起？我比你大啊。他笑得很坏，反问：你要听实话还是虚话？我说，我对你的唯一的要求就是诚实，千万不要说谎。因为你如果说谎，我看得出来的。他就很坦然地说，一个男人如果想要浪漫，至少具备两个最基本的元素。一个是他心仪的女人，还有就是物质基础。呵呵。我大笑。不能不笑。男人和女人其实是很相近的动物。

边爱边性也烦恼

其实，边爱边性也挺好的。在有限的时间里，争取最大的阅读量。当然，前提永远是爱为先。

很多年以前，以为自己很纯洁。因为我经常巧言令色地把一个男人的情煽起来之后，就赶紧落荒而逃，还美其名曰：我追求的是柏拉图的纯粹的爱，而你要的是性，所以，你太形而下了，我不想再理你了。现在想起来，只觉得自己蠢。

其实，不论男人，还是我们女人，在第一时间的第一眼瞧上了一个异性。开始兴奋，由内而外，心动而情发，而微笑，暗送秋波，再有所言语，有所举动。这种种的萌动，不是性，还能是什么呢。即使让我们兴奋的是一个风姿绰约的女人，也只能说明你的骨子里还有同性之好的潜能，也仍然是性，而不只是爱。爱和性的关系，就好比是先有鸡还是先有蛋的问题，谁能说得清楚呢。

当然，女人和男人最大的区别是，女人发乎于性，顺乎于爱，却经常只能止乎于礼。这个礼是几千年来的男性文化的传承，是女性生理特点所必需的自卫意识在起作用。所以，很长一段时间，我颇为得意，因为追过我的男人，背地里说我是一本“长篇小说”。是差不多要花一本长篇小说的工夫，才可能被追到手，或者未必就能够追到手的女人。

不过，做“长篇小说”的自以为聪明的小女人们，烦恼也是多多。当然好处是自动淘汰一批心意不诚的男士。缺点是，当你真就花了一部长篇小说的工夫去了解了一个男人，并认定自己是爱他爱得非他不可，然后选择一个吉日良辰，花好月圆的时候，才来一个难言的大悲痛。

因为，这个在客厅里与你诗文唱和的大男人，在床第之间，简直就是性无力。或者，相反，他的优雅只存其表，上了床之后，完全是一个只顾及自己感受的暴君。这两种男人当然是不能要的。还有一种男人是在他追求你的时候，他甚至可以一气追过三条街来送你满怀的玫瑰花。只是，在他琴瑟合欢之后，没过多久便心猿意马。他还振振有词地说，贾宝玉虽然花心，爱林妹妹，也爱宝姐姐，可是，对谁他可都是真心。寡情的男人当然是不想留，可是；太多情的男人是留不得，也留不住的。

可是，这么多的好时光就已经被蹉跎没了，只空留下一张双人床。想起来也是伤心的。再说，有多少爱可以重来，又有多少人愿意等待呢。被“长篇小说”们淘汰的男士里，说不定就有与她天造地设的最佳人选，可惜，就这样错过了。

于是，我现在比较欣赏那些与时俱进，自觉自愿删繁就简成一个个短篇小说的女友们。

其实，边爱边性也挺好的。在有限的时间里，争取最大的阅读量。当然，前提永远是爱为先。与很多女人私下里交流，没有爱的性，真的就是味同嚼蜡，无滋无味，一点意思也没有。而且，还有可能后悔不迭。

你以为你是谁

单身女人也是难，就是难在这里。明明你是日日荒睡，独守空房，你闲着也是闲着，空着也是空着，不让周边的男人沾你一点光，他们就会觉得委屈，觉得你过于苛刻，跟他们过不去，也跟自己过不去。

最近在为一件事困惑不已。也是属于匪夷所思一类的，但已然发生了，而且发生在我的身上，我虽然想不明白，却还不停地在苦思冥想。

一天，一个圈内的男性朋友周，跑来跟我说，两年为期，说好了我们就“好”两年如何？他所说的好，自然不是一般意义上的好，而是特指男欢女爱的好。

开什么玩笑啊，你不是有老婆吗，好什么好？闹鬼啦。

我惊诧不已，反问道。

一个单身女子不可能只与单身男女交往。她除了独守空房之外，与整个社会的沟通与交流，应该是常态的。否则，她的人际圈越来越萎缩，到最后只和一些孤男寡女来往，只和他们做共同成长的朋友，那她也就很容易成为偏执狂，离疯掉也就几步之遥了。

所以，自以为聪明而无奈的我，交往比较密切的朋友，还都是有家有业的常态里的人物。他们平衡而稳定的心态，经常是我下意识里在依靠的心理力量。什么事情与他们聊一聊，就不难看出我的问题在哪个环节。

当然，心态好坏与单身还是双身，并没有直接的关系。但长期在某种思维结构与逻辑里看问题，偏差是难免的。我只是坐标上的一根线，另一根可以参照的线，就由我的好多心地纯正见识广博的男女朋友们组成。

眼下的这个男人，正是我极力要在常态人际关系网里维持的一个男性朋友，而非男朋友。说是极力，因为维持这样的关系也挺难的。就好比你开了一家蛋糕店，周边来往的朋友不少，你要是一毛不拔，不随手奉送几盒蛋糕，用做润饰人际关系的小礼物，别人就会觉得你吝啬。

单身女人也是难，就是难在这里。明明你是日日荒睡，独守空房，你闲着也是闲着，空着也是空着，不让周边的男人沾你一点光，他们就会觉得委屈，觉得你过于苛刻，跟他们过不去，也跟自己过不去。在他们的逻辑里，女人结了婚就归属于某个男人某个家庭，如果还是单身，他们不觉得你是属于你自己，而是有可能属于任何一个幸运的男人。

于是，他们就会经常说些擦边球的风凉话，什么生命苦短啊，心不要太狠啊之类的。你也只有笑着打岔，顾左右而言他。

周就是这类的朋友之一。但是，他是优秀的。人品也不坏，很义气。我有什么自己解决不了的事情，我通常不去麻烦他。但如果开口了，而他也很明白我是轻易不开口的人，就会二话不说帮我的忙。不过说起来，我也没有麻烦过他什么大不了事情，不就是请他陪练车技的时候，让他忙了几天。想起来也不曾欠过他多少深情厚意。所以，还是属于两不相欠，清清爽爽、明明白白的朋友关系。

所以，这样的异性朋友，我是很原则地放在一个不远不近的距离之间，维持着不好不坏的关系。好了，坏了，都会破坏原来的平衡点。

从男性魅力来说，他对我也不是没有一点危险，但他更多的魅力却是作为一个成熟男人。说一句大白话，如果是挑选太太，他可以挑剔我。但如果是挑选情人，我可以挑剔他。

我是一个可以很浪漫，也可以很务实的人。而通常就像左手右手一样，浪漫和务实咬合在一起作用。比如，要满足一点荒睡寂寞的情欲之念，那还不容易吗。我有可能去招呼一个美少年陪我一夜良宵，却不喜欢为了一点寂寞去打破平衡点，去找周这类认识很久，关系很稳定，却是别人老公的人。与一个谈得来的，有质量的朋友，建立一个恒定的友善关系是很难的，是需要经营多年的，也是需要相当时间的考验的。而情人关系是最危险的关系，说好说坏，可能就在一朝一夕之间。我不冒这个险。

何况，与一个也是单身的美少年，爱也好，玩也好，轻松自然，好聚好散。要是与一个有家室的男人搞在一起呢，爱不是爱，是痛，玩也不是玩，是胡闹。还总觉得欠了哪个女人，沾了哪个女人的光。因为借条也不打一张，就借她的老公一用，想起来我是理亏的，呵呵。

我私下里想，其实很多男人也是我这种思路。兔子不吃窝边草。一个圈子里的朋友，说笑归说笑，插科打诨都可以，动真格的，就都有些吃不消了。那么，今天周是动了哪根神经，几十公里跑过来，与我劳心劳神地，说这番浑话呢？

周是很坦白的人，尽管话说得很委婉，但大意是说，现在的情色市场远不如以前了，隐患太多。以前圈子里的男人，都喜欢找风月场上的女人玩，玩过了就算。这比找一个不谙世事的小姑娘玩，既省心又省力，不用说谎，不用很辛苦地谈情说爱，也不用花很多时间陪她。

但现在，很多男人又回头了。不是浪子回头，而是怕，是恐惧，风月场上的女子说不定什么时候就把细菌和绝望带给他。这不是玩命吗。所以，如果找一个良家女子，建立一份长期的性爱关系，安全感应该没有太大的问题吧。呵呵。

临走，他留下一张黄色光盘给我看。是台湾璩美凤与她的情人交欢的录像。就是网络上广为风靡的璩美凤的女友偷拍的那一张。我还真是仔细看了一遍。

过几天，周过来问我，观后感如何？我笑。但半开玩笑半认真地说，我竟有点羡慕璩美凤呢。她的男友很性感啊，是个漂亮的男人，很懂事也很体贴啊。

周看我情绪不错，没有十分恼怒的样子，就又小心翼翼问我，考虑得怎么样了？他自然是问关于“好”两年的事情。

我很学术地问他，圈子里的女人也不止我一个，你为什么会找我？又为什么是两年呢？

你有没有想过，如果我不爱你，这两年我怎么能过得下去。如果我爱你呢，两年后我好可怜，要活生生地被你抛弃。呵呵。

我倒是很想搞明白，天下的男人都在想些什么呢？

这个男女世界终究要变成什么样子呢？

大家都要怎么疯，才算爽？

他很敏感，于是，也很聪明地三缄其口，只说，你自己去想吧。想好了通知我。

我眯着眼睛，看着他。要不你告诉我，我如何拒绝你，又能保持原先的友善的关系呢？

他明白了我的意思，无奈地笑了。算了，以后再不打扰你了。是我愚笨，敲错了门。今天请你吃饭，算是我赔礼道歉，如何？

他轻描淡写地全身而退，但我没有什么胃口。

他走后，我长吁短叹，坐到阳台的秋千架上晃悠。秋凉如水，已经漫过我的脚心一寸一寸往膝盖上爬。看着阳台外面车水马龙的繁华世界，我只有一份绝望的坏心情。这么多年来，我期待爱情，期待天长地久，期待子孙满堂。期待我80岁生日的那天，我还能穿一件大红棉袄，与鹤发童颜的老伴并坐在一起，光彩照人的，接受一堆漂亮风趣的子孙们的拜贺。

难道这一切，真的很难吗？不可能吗？我命里没有吗？

一个男人倚仗着什么，使他能够面不改色心不跳地，在我的面前提出如此放肆的要求？

如果我说，他是柿子拣软的捏，我怕天下的男人也好，女人也好，只会笑我冥顽迟钝，不解风情。怪只怪我自己运气不好，一个单身行走的女子，夜路上，鬼神出没。可怕的是，小鬼当道，神仙没有见到一个，小鬼却去了又来。

但是，最恐惧的，不是小鬼来敲门。而是，等到小鬼也不来敲门的时候，我的日子，那真的就要很落寞了。大概也快了。

双人床

我笑笑。其实昨天晚上我放下电话就后悔了。与其让别人觉得我可怜，空有一张双人床，不如让别人嫉恨我夜夜温柔之乡。

买家具的时候，最上心的是，给自己挑选一张舒适性感的大床。我发誓，我要永远告别单人床。

第一天在我家的双人床上，一路酣睡，竟然直到大天亮。

然而，我却发现自己还是规规矩矩地，整晚只睡了半张床。另外半边的粉红色大枕头，以及粉红色的床单，平整如新。

我又气又好笑，独自悲哀了半天。

以后，我几乎花了两个月的时间培养自己，才让自己的睡相放肆起来。结果，有一天发现我原本头西脚东入睡，天亮时，竟然已经是头东脚西。细细琢磨了半天，也不知道自己的“轻功”什么时候已经如此了得了。需要说明的是，那一段时间，我仍是没有出息地夜夜独

自荒睡。

又过了两个月，在诸多女友的怂恿之下，我竟然把纯棉的修女式长睡衣也撇到了一边，尝试了裸睡。除了感冒的概率多了一半之外，在双人床上一个人裸睡，真让我感觉到了人性第二次解放的欢喜与激动。

一个人的日子，难免寂寞。有一天深夜，感到自己忍受寂寞的能力已经到了极限，就哭着给一对夫妻朋友打电话释放自己。他们安慰了我半天。第二天，他们一大早就驱车过来。

不料，他们俩在我的卧室前张望了许久。双人床上，我的两个松软的粉红色的大枕头，让他们互相交换了眼神。但他们好似给我留足了面子，不肯点破似的。只是再不谈关于寂寞的话题。

混在京城十年，我已经很会察言观色，当然很明白他们的心思。他们是断断不肯相信，我的枕边人只有一个虚拟的周润发，一定不止一个俊男在预约我的双人床。

只听他们说，你看，你多自由啊，爱谁就是谁。不叫红杏出墙，叫享受生命。不像我们俩，什么都还没有做呢，只是约过去的旧情人吃顿饭，看场话剧，就自觉理亏，惴惴不安，唯恐对方抓住把柄。

真是，话不投机三句多。

我笑笑。其实昨天晚上我放下电话就后悔了。与其让别人觉得我可怜，空有一张双人床，不如让别人嫉恨我夜夜温柔之乡。

高大威猛的男人

如果美女弱智，却不妨碍她在男人的眼里依旧是个美女。但如果美男弱智，你就不能想象，成天只把他当做橱窗里的掷铁饼的大卫石膏像？

一直犯着一个初级错误，就是好色，喜欢漂亮的男人。而且，还期待他们具备同样漂亮的操守和思想。高大威猛的男人在美国大片里，集力量与智慧于一身。

与女友小夏夜谈。她笑，好色是人之常情，本身无可厚非。女人男人都是。

男人经常发现娶回家来的美女，其实是个弱智。女人经常发现身边高大威猛的男人其实只是个心智发育不良的大男孩。女人的失望就近乎绝望。所谓对男人全部意义上的想象，肯定包括思维的张力。

如果美女弱智，却不妨碍她在男人的眼里依旧是个美女。但如果美男弱智，你就不能想象，成天只把他当做橱窗里的掷铁饼的大卫石膏像？

小夏曾经非常崇拜她同一个写字楼里的一位男士。下班了，她从篮球场走过，看见了一位奔跑的俊男，高大威猛。小夏内心狂喜，上帝还是很眷顾自己的，身边就有这样的尤物，岂不是近水楼台。没有几个回合，小夏就把他追到了手。但是，花开几日红而已。小夏很快发现，他只是一位超级大宝宝，内心懦弱似婴儿。不仅如此，他外表的威猛，其实也是虚张声势。

一天，两人微风里散步。突然，路边长椅上的一对男女不知为何争执起来。只见男的疯了一样拼命揍女的，女的却只是哭。小夏气懵了，她立马上前制止，你凭什么打人，打女人？潜意识里，她觉得自己是安全的，身边的大男人一定会帮着自己，声张正义。却不料，他紧张兮兮地赶紧把她拉走了。夜色里，简直是落荒而逃。

更有甚者。小夏发现自己怀孕了。她也紧张，因为两个人还没有谈到结婚。她在第一时间告诉了他。谁知，这个威猛的男人却被吓坏了，在第一时间里逃逸了。多少天，他只要一闻到小夏的气息，立马就隐逸了。

多少年过去了，小夏至今单身。现在她已经能够很冷静地谈这件事，而且，推而广之地做了经验性的总结。她说，高大威猛的男人在现实世界里，通常并不精彩。首先，他们的性能力往往与他们的外表成反比。其二，他们的内心力量与外表也经常成反比，并没有想象中的大男人的宽度与力度。其三，他们的动手能力通常比较弱。

所以，如果选择老公，他们并非上品。当然，相信也有例外。

男人说性

当你有一天遇上一个可心的男人，如果你只想做他的情人，那么，你上床的速度越快越好；如果你很爱他，想要与他天长地久步入婚姻，那么，淑女的样子能端多久就多久。

有很多性学问，竟然是来自男人。

曾经在写字楼里的三年，上司是个从英国留学博士回国。人很绅士，却偶尔地会有惊人之语。

比如，一天午餐时分，闲话当红明星某某某。我担心她，怎么近来发福了，再胖下去，看起来会老相。不料英国博士插话说，她性生活太频繁。

我没有听明白。他看我一脸茫然，就解释说，如果一个女生突然变胖了，很有可能，她已经变成了女人。我在高中时就已经知道这个真理。

后来，我做了记者，采访一位电视圈里的当红主持人，一位俊男。采访得差不多了，最后几分钟，我们闲谈。我随口说，你近来胖多了。他一笑，因为我结婚了。

我没有明白。他小心翼翼，半吞半咽地说，你知道的，男人结了婚，那个夫妻生活频繁，很容易胖的。我闹了个大红脸。

因为，比较晚了，他开车送我。一路上，他竟然就谈开了性。他说，像我这样的高个子又胖的男人，性其实很平（他竟然如此谦虚）。性很强的男人，是那种瘦身的，精道的男人。

我插话说，流行说法，叫骨感男人。

他说，我认识一个圈中人，一个编剧，形象不是很好，个子不高，很瘦的男人，却有很多漂亮女人围着他。你知道为什么吗，就是房帏功夫厉害。

临下车了，我谢了他。我说，听君一席话，真是胜读十年书。

他明白我说的什么，嗨，你别告我性骚扰就行了。而且，一定不能见你们杂志。

又偶然与一位男士闲聊。他很怀念曾与他同居了一年多的女友。他爱她，却迟迟下不了决心与她结婚。最后女孩子伤心恼怒而去，他却又很思念她的种种好处。而他不肯与这个女孩子结婚的全部的原因是，她认识他不到三天就上了他的床。是他诱惑的她，他却由此认定她是轻率的。

他振振有辞地说，她既然能以如此的速度上了他的床，那么，她在以前也肯定以同样的速度上了无数别的男人的床。他一想起这，头就要炸。他未来的妻子和孩子的母亲应该是一个稳重安分，让他一百个放心的女人。

让我更为惶惑的是，他很友善地告诫我说，当你有一天遇上一个可心的男人，如果你只想做他的情人，那么，你上床的速度越快越好；如果你很爱他，想要与他天长地久步入婚姻，那么，淑女的样子能端多久就多久。最好端到最后，还要作出一副被强暴的被动，男人才会彻底地放心你。呵呵。

危险关系

如果他不是一个好男人，我自然是不会长久地爱他。如果他是一个好男人，他就不能长久地以这种方式爱我。因为他会觉得亏欠我太多。

女友阿芊，70年代生人。因为某件事，我与她不打不成交，竟然成了蛮知心的朋友。她因为比我小很多，很多情感问题很愿意让我为她分忧谋划。

一天，她很沮丧地说，其实，有个好情人也不错。就是，不太能长久。

我听别人风传，阿芊有过一个情人，是个精英人物。可惜，是个有妻室之人。

我就很弱智地说，如果女人愿意在这种关系中天长地久，恐怕天底下的男人都会趋之若鹜。你又是如此年轻，美丽。

阿芊却说，但是，这是一种难于长久的危险关系。如果他不是一个好男人，我自然是不会长久地爱他。如果他是一个好男人，他就不能长久地以这种方式爱我。因为他会觉得亏欠我太多。

所以，男人表面上的喜新厌旧，骨子里其实是怕承担。

没有男人会觉得有必要为一夜情负责。但如果一个女人跟了他很多年，他就会比女人更有压力。因为他欠你的情，也许要用很多的银子去填补才符合他的身份。

还因为你就像一颗随时发作的定时炸弹，他的身份，他的名誉，他的家庭，等等，一切他辛辛苦苦打造出来的闪闪发光的社会层面的东西，他特别害怕失去。

而你，就成了对他造成威胁的最大的不安全因素。

你是我的床上天使

只恨世道不好。一个正确的人，生活在一个不正确的时代。大家都只谈性，不谈情。天亮以后就分手的一夜情我不稀罕。杯水主义的性和情，我宁肯不要。

裸睡在粉红色的双人床上，却是夜夜荒芜。

不甘心，也是没有办法可想。谁让我家的门槛，定得太高呢。

一般的男人不入我的眼。入我眼的男人，我也顶多给他一个暧昧的眼神，或者一个不关痛痒的电话。没有实际的诱惑，男人们自然不会趋之若鹜。

再说，京城如此浩渺，男人女人多如过江之鲫。如果感觉约会你的成本太高，差不多就是读一本长篇小说的工夫，他要不呆不傻，自然就会索性转换方向。当时当地，每个人都有无限组合的机会，为什么要在你一棵树上犯傻呢。

所以，我夜夜寂寞，怪不得自己，也怪不得别人。只恨世道不好。一个正确的人，生活在一个不正确的时代。大家都只谈性，不谈情。天亮以后就分手的一夜情我不稀罕。杯水主义的性和情，我宁肯不要。不能满足我古典浪漫主义的爱情观，还是其次。谁能保证，你在咖啡屋里偶遇的俊男，不是一个HIV的携带者？

何况，如果只是一场性游戏，还不如自己跟自己玩呢。我的一位资深女友如是说。

她说，我半生戎马生涯，从南战到北。不瞒你说，让我获得最大性满足的，竟然不是哪一个具体的男人，而是偶然获得的这个性玩具。

她指点迷津，我半信半疑。于是，半抱琵琶半遮脸，羞羞答答地以化名从网上的性商店里，邮购了一个兔宝宝。小试之下，才知女友的话，句句不虚。

真正是相见恨晚呢。为什么我以前不知道，Sex，还可以自己和自己玩。错过了多少良辰美景呢。

就好比是与自己对弈，其快乐与快感，真是只可意会，不可言传。而且，仔细推敲，世界上所有的高级艺术，比如绘画，比如音乐，比如写作，其实都是自己跟自己玩的高级游戏。

只不过这些游戏比较方便与他人分享，而隐秘的性游戏，更适合独自把玩。

爱自己，永远不会太多，或者太迟。说到底，没有其他人比女人更了解自己的身体。也没有谁比你自己更有爱心，更耐心，更体贴，更游刃有余地开拓自己的兴奋区。

有了这个兔宝宝，我的Fantasy（性梦想）一寸一寸被淋漓尽致地解析出来。而且，想什么时候玩，就什么时候玩。想怎么玩，就怎么玩。嫌周润发老了，那就换Keanu Reeves（基努·李维斯）好了。贾宝玉在红楼梦里解析的意淫，有多少人真正懂得了个中风情呢。

从容，酣畅，随性而为。

性玩具是帮助我完成生理和心理体操的一个超级大猛男。

与自己黑白围棋地对弈，完成的只是心智的成长。与自己阴阳八卦集一身地玩性感，完成的是生理上的圆融，以致心理上的圆满。

世界上没有两片相同的树叶。期待一个男性在情感能量与性能量上与我旗鼓相当，可能性还是有的。这个人肯定在世界的某座房子的某张双人床上，同样焦虑不安地思念着我。

可是，大千世界，不相干的人真是太多。人海漩涡里，我和他要在同一个正确的时间，出现在同一个正确的场合，然后在同一个时间段里，作出了同一个正确的决定。由此，我们才有可能过上琴瑟和谐，欲死欲仙的人间天堂的幸福生活。

因为人性的弱点，所谓爱情的保鲜期等等，导致这份幸福生活能够维持多久，我姑且不敢去多想。就说相遇的概率是多少？有点脑子的人都不会太乐观。

性这玩意儿，说得物质一些，好比是五谷杂粮，一日三餐。有了，自然感觉天很蓝，水很清，心情很爽。可是，母亲很慈祥很伟大，她也只能管我的上半身的温饱。下半身的饥渴，除了我自己，还能交给谁，期待谁呢。

如果我把人生的美满完全寄托在虚无遥远的未来，幸福就成了天上飞过的鸟，寂寞也就成了我的家常便饭。

如果我把人生的美满随便交给一个不相干的人，那么，做爱，还是做孽，就不大好说。做女人的，却很可能为此付出昂贵代价。比如一不小心避孕失败，对冰冷的手术台的恐惧就变成了残酷的现实。

所以，学会了跟自己玩，寂寞，至少消解了一半。粉红色的双人床，因此而温暖。

生理体操

这种息息相关，生死相依的感受，有了一次，就是人性的一次圆满。或许你会归结为只是性爱，但终究也是爱啊。

十分怀旧。

几年前，一个男人如果对一个女人有情有意，他会有一个三段式的追求程序。

情书，约会，看电影，第一阶段。

求爱，第二阶段。

求婚，第三阶段。

任何一个逾越了任何一个阶段的男人，就会被女人认为没有品位。而任何一个主动或者被动逾越了任何一个阶段的女人，也会被男人认为轻浮。

再往前追述，就更美了。一个男人抱着柳叶琴到你的窗下，连唱三个月的月光演唱会，唱得边城里，那个撑渡船的小女子，在梦里被美妙的歌声飘浮了起来。

这样古典的美丽，我们所谓现代人哪里还有福气享受。就在刚才，我的手机上，赫然一条短讯：我想上你，你想吗？

吓我一跳。窗外明明是六月炎炎烈夏，又不是四月愚人节，搞什么鬼嘛。

或许是哪一位猛男表错了情，原本是发给另一位猛女的，只是误发到了我的手机上？

仔细查看号码，是一位相识不久的男士。

我自然是没有理他。又不是配种场，一匹公马，一匹母马，一发情就扑向对方。

过了几天，偶然看到香港李碧华的一段妙语：过上等生活，付中等劳力，享下等情欲，是为人生快乐美满的标志之一。

我放声大笑。人间至理呵。

有一天，心情寥落，就打了那位猛男的电话。他却是爽快，立马放下一切事情就往我这边赶。估计他已经到了高速公路上了，我淑女的一面却开始占上风。但又不好意思再让他掉转车头回去。这不是玩人嘛。

怎么办呢，情急之下，赶紧约了住我很近的一位女友阿毛救场。

事情的后果是，猛男因此得遇猛女，他们从此开始了卿卿我我。还分别打电话告诉我，他们是如何如何的干柴烈火，还说感觉真爽，谢谢我云云。

我又气又妒，心如刀绞，差点大病一场。

后来，有一次，与阿毛闲说性闻性事。终于忍不住坦白心中困惑。一个男人，一个女人，如果心里没有爱，做爱不就等于生理体操么。心里不爽，身体能爽吗？

阿毛反问，那你如果身体不爽，心里能爽吗？即使你很爱很爱一个男人，但你们的身体并不谐调，你会快乐？

如果，床上的一男一女，性的力量，悟性，技巧，各各旗鼓相当，四肢纠缠之时，他们的心，在物理距离上也是最最贴近的。这时候的他们，全部的愿望，就是如何让对方更深入更快感。这种息息相关，生死相依的感受，有了一次，就是人性的一次圆满。或许你会归结为只是性爱，但终究也是爱啊。

或许下了床，他们各奔东西。但是，我敢保证，即使他们从此老死不相往来，他们的心里也会有一份感谢一份怀念留给对方的。你说他们只是完成了一通生理体操，是又何妨？

你对自己狠不狠

但是我善良，我软弱，我玩不起这样的游戏。于是，我只好一剑封喉。我说，我宁愿现在对自己狠一点，也不想将来有一天你来对我狠。

你的心真狠。

第一次被“心狠”这个词刺激，是看旧版的英国电影《孤星血泪》。因为新郎临阵脱逃，从此一袭婚纱连同一腔愤怒披挂一生的老新娘，真真让人胆寒。但是，故事的最后，是她颤巍巍地质问要逃离她的养女说，你的心真狠。可是，我觉得电影里的老新娘的心最狠了。

她不是对别人狠，而是对自己狠。

过了很久，我也没有想明白，她居然能对自己如此之心狠。一生一世把自己浸泡在仇恨的暗房里，没有一丝光明。想不明白就经常去想，但是突然有一天，我想明白了。

我明白，她是不能不狠。就像有女人因为心痛把自己的掌心放在烛火上慢慢地烤，她也是不能不狠。如果她不把自己的掌心烤焦，那么，她心里面的痛积聚起来，一定会把她彻底焚毁。

我想明白了，是因为居然有那么一天，也有人说我对自己狠。说这话的有女人，也有男人。女人说这话的时候，通常是善意。比如，知道我一时间能把自己的甜点零食统统戒了，女友就说我对自己狠。可是，她怎么知道，知道了也不能体会，我差不多有半个月的漫漫长夜里，因为牙疼，把被角都快咬破了。疼得我发了狠，在第一时间里拔了两颗牙补了三颗牙。从此，即使在办公室用过午餐，我必定在第一时间刷牙，到晚餐之前任谁诱惑我，也绝不再食巧克力冰淇淋什么的任何零嘴。我当然是不能不狠。

男人说我狠，情景就比较复杂。比如，认识了一个面目可喜，言语也算有味的男子，被他邀请共进晚餐数次，郊游数次。交往中，他慢慢透露自己婚姻的指标已经用过了，家有不忍离的丑妻和不能弃的娇子，但他认识我之后，感觉生命的另一份喜悦云云。但是，我却选择退却。再邀，便有种种婉言推却之词。

不过，他很聪明，也很机智，他说，我知道你是喜欢我的，你为什么对自己这么狠？人生苦短呵。这话乍一听，好像是为我好。再一琢磨，不难看出他的用心“险恶”。

人生苦短。我孤独，我寂寞。但是我善良，我软弱，我玩不起这样的游戏。于是，我只好一剑封喉。我说，我宁愿现在对自己狠一点，也不想将来有一天你来对我狠。

一开局就注定要输的游戏我是不玩的。就像《红楼梦》里的好了歌，抽身且要早。

我也是，不能不狠。

A

第4辑　残荷

她们只是一小族群。甚至只谦逊地待在池塘的一个小小边角。但，她们的婉约，她们的美妙，却是无与伦比的。因为，她们是生长在我的家园里。

虽然是浅浅的，就像我在这个城市里的生活。根基不深，却已然和这块土地，筋脉枝叶，丝丝相连。

玩具熊

我就像一个边疆土地上的农妇，偌大的地面上，就我一个人，日出而作，日入而息。收成好坏，没有人来夸奖我，也没有人质难我。

又是周末了。

没有约会的我，一个人与一只直径为12厘米的花盆，面面相觑。

我就像一个边疆土地上的农妇，偌大的地面上，就我一个人，日出而作，日入而息。收成好坏，没有人来夸奖我，也没有人质难我。呵呵，真是逍遥自在，可是为什么我会觉得如此地寂寞。难道这份独立而独行的生活，不是我一直期待的，并为之付出了相当的努力才得到的吗?

我在花盆里，埋下了12粒种子，从播种到开花，需要大约70天的时间。未来的，美丽灿烂的花朵，花色鲜艳、明亮，为金黄色。花为重瓣，花朵大，喜阳光，名叫玩具熊，是向日葵属科。

现在，我身边的小盆已经冒出了九棵纤细葱绿的小芽，我每天看它N次。不知道我灼热的目光，会不会搭成一个温床，助它生根发芽，茁壮成长，而不是烤焦了它。

但是，还有60多天，才能看到花朵，而且，也许什么也看不到。因为，销售商告诉我，种子本身遗传基因复杂，并且，种植过程中，冷热干湿不当，都有可能让我的满腔希望付之东流。呵呵，想起来就要发疯。什么叫做孤独，这就是最深刻的孤独。你除了安静地等待一个也许空空如也的未来世界，你没有任何出路。

明知不可为而为之，我却在还一步一步往下做，是因为，我只有去努力，希望才存在。金黄灿烂的美丽，只有我去灌溉了，才有可能实现。拥有一点希望，同时拥有一个充满了期待的过程，心是满满的，感觉我的未来也是可以想象的。

昨天中午时分，我无意间瞅了一眼窗台上的玩具熊，吓得我差点晕倒。是怎么一回事儿啊，九棵已经枝叶茂盛的玩具熊，垂头丧气，耷拉着脑袋，眼看就要不行了的衰败样子，让我触目惊心。我赶紧拿出说明书一条一条查看，也没有找到此时此刻应该紧急援救的措施。悲哀而无奈的我，抬头望窗外，秋天的阳光火辣辣地刺我的眼睛。

我突然意识到，也许，它们只是渴了，脱水了。

这个想法让我眼前一线希望闪亮。

但细心的我，不敢直直地往它们身上喷水，而是搬过一只盛了半盆清水的大盆，把花盆轻轻浸放到水盆里，让清凉的水慢慢而自然地，从底部渗透进花盆里面。

果然，一叶，又一叶，大梦初醒似的，它们一点一点地舒缓了过来。半小时以后，又神采飞扬地仰立在窗台上。

天哪，我坐在那里发呆，惊魂初定。离开花的日子还有好久好久，为了看到金黄美丽的花朵，我还要担当多少类似今天这样的惊吓与不测呢？呵呵。

不敢吃河豚

他在我家里转了两圈，就语出惊人：你果真如我所料，还是孤家寡人。你呀，婚姻在你那里就是美味却有毒的河豚，你不敢尝试，其实心里是很不甘心的。

虽然，搏斗到今天，也不曾过上金鼎玉食的生活，但世间可食之物，到口一尝的也算差不了太多。只有一项美味始终不敢上口。

就是那个美味却有毒的河豚。

一日，老家来了儿时捉知了玩泥巴的故友，拉去晚宴。本有事想推脱的，他却说，如果不去，你很可能会痛悔终生。

我不信。说的这么严重，难道他要像古时候的石崇，把家里的美女卤熟了上桌。再不，就是新近从网上看见的，说是南方有花甲贼老头专吃女婴，为的是壮阳。当然我是不信的。人不能进化了多少个世纪，到头来又回到茹毛饮血的原始污浊里去吧。

结果到了一看，吓一跳。是河豚的烹调高手，北京的，日本的，还有泰国的等等，云集在那里比试身手呢。他呢，因为是其中一位高手的表兄，我和他才得以挤在餐桌的一角做食客。

不过，那天，我没动筷子。我缺少安全感，又没有冒险精神，双料胆怯的人。

可是，又有好奇心，嘴也是很馋的。一出饭店的门果然就如他预言，开始痛悔，心里是十二分的不甘心。

很久很久没有见面了，他提议要到我的家里喝茶。我想，他是想看我在北京混得怎么样吧。

果然，他在我家里转了两圈，就语出惊人：你果真如我所料，还是孤家寡人。你呀，婚姻在你那里就是美味却有毒的河豚，你不敢尝试，其实心里是很不甘心的。

他话还没有说完，我的眼泪就已经哗哗地流下来了。求你别再说了，要不今天晚上我活不下去了。心，早已经是痛如刀绞。

沉默了半晌，我让他谈谈自己的近况。他闷了良久，说我离了一次婚，现在正准备离第二次婚。

我莞尔一乐，立马幸灾乐祸。你是不是应该向你的表兄学一学，像烹调河豚那样，把你的婚姻也烹饪得美味而没有毒性？

他却不以为然：我至少尝过了河豚，却活了下来。婚姻的好，你不结一次，怎么能体会？即使失败了，劫后余生的快感，也是很享受的。真的，我不骗你。

恐怖的火锅

半天，我才恍然。平日里自以为神清气爽、六根清净的我，一直以为是自己的修为已经到了相当的程度，却其实只是不彻底的素食帮助了我。

素食在我，虽然不是很纯粹很彻底，但也好歹坚持了很久。但有一天，我被朋友拉去涮火锅。

因为那天有件开心事儿，借着兴就放开肚子吃了很多。而且，羊肉，牛肉，猪肉，甚至狗肉，都不忌口地填了很多到胃里。还安慰自己，因为平时素食短缺的很多微量元素今天算是补齐了。

可惜，竟然是一晚上的失眠。吞了两粒七叶安神片，完全没用。整个一个失控。

最重要的，真应了“饱暖思淫欲”的老话了，这时候特别痛恨自己是个单身女人。一边的空枕嘲笑着我身体里蓬蓬勃勃的渴望。

因为睡不着，思前想后，想起了很多恩恩怨怨，这多少年的新仇旧恨就一齐涌上了心头。一直到凌晨，黑暗前的黎明时段，才算是消停了一会儿。就做了一个梦，梦见牛头马面狗脸的大小鬼怪追我，其恐怖就像到了但丁笔下的地狱。

第二天醒来，我心有余悸地回味梦里的恐怖。半天，我才恍然。平日里自以为神清气爽、六根清净的我，一直以为是自己的修为已经到了相当的程度，却其实只是不彻底的素食帮助了我。

我家的小时工

因为是在家里请客，光彩照人的女主人的谈笑风生，才是每个辛苦赴约的客人期待的愉快瞬间。

请朋友到家里来吃饭，对于女主人来说，是一件比较冒险的事情。

一个优雅的女主人不一定是一个厨艺精湛的煮饭婆。而且，上得了厅堂的单身女人很多，下得了厨房的单身女人却是很少的。

不过，如我等头脑简单、厨艺糟糕的人，竟然有一天也动起了请客的念头，是因为我有一个秘密武器，就是我家的小时工鲍姐。

鲍姐来自注重口福之欲的四川。她其实是住我一个小区的女友家的保姆。女友打电话问我要不要小时工，说她家的鲍姐人很实在，也很能干。她之所以放鲍姐出来做小时工，是因为她实在没有能力支付与鲍姐的能力相对应的工资，而重点带小孩的工作已经随着孩子的长大变成了一天两次的接送。家里的活越来越少，多出来的时间，鲍姐闲着也是闲着，做点什么还可以多挣点钱呵。女友强调说，鲍姐很缺钱用。

我在这里不厌其烦地介绍鲍姐，是为了说明鲍姐不是一般的小时工。她显然与那种只是一家一家赶时间挣工资心气浮躁的小时工有很大的不同。她一走进门，我就想起了有关大歌星邓丽君的一件趣事。

说的是别人给邓丽君请了一个菲律宾籍的女佣，胖胖的笑眯眯的，邓丽君一见她，就很喜欢她信任她，就跟她说，你要记住哦，我与你不是雇佣的关系，你是上天派来帮我忙的。菲律宾女人很感动，原本就是邓丽君的铁杆歌迷，这下子更加死心塌地地为邓丽君效力。结果是菲律宾女人非同一般的厨艺，终于把邓丽君喂成了一个大胖子。

鲍姐也很胖，厨艺也是很不错。虽然用她自己的话来说，也就是家常小炒什么的，上不了大的场面。可是，如我等寻常人家，来往的朋友也都是随随便便的布衣族，再说真正有味道的家常菜也不是那么容易做的啊。

第一次请客，我比较谨慎。毕竟我是爱面子的人，总不能让朋友们贻笑大方吧。所以，我请了一位关系密切的女朋友和她的妈妈。

女朋友是铁杆哥们，湖南人，一手好厨艺，平日里我没有少蹭她的饭。现在她妈妈来了，说很想看看我新完成装修的新家，我立马就说，那就来吃饭吧。女友立即在电话那头笑得发抖，说就你的水平，也敢说请人到家里吃饭？我故意诳她，说我速成了一个烹调班，正好让她鉴定一下我的功夫学到了几分呢。女友还是半信半疑。

我那时刚刚采访完台湾作家林清玄。他的梅开二度闹得那个小岛都快翻个了。可是他竟然波澜不惊，悄悄地跑到烹调班上进修。结果以第一名的成绩毕业。毕业典礼上，校长让他发言，他说他全部的配方就是爱心，全部的目标就是为了博太太红颜一笑。哇，可以气死天下所有的女人呢。我问女友，难道我的悟性还不如那个秃了一半头发的糟老头子？

于是，女友和她的妈妈兴冲冲地就来了。结果我的秘密武器，让我旗开得胜。末了，鲍姐被她们母女俩拉到一边，细细地切磋功夫去了。只可惜女友住得离我们太远，要不鲍姐大概就要成为她们家的小时工了。

小试牛刀之后，我的胆子大了一些，就又琢磨着请更多的朋友到家里来周末小聚。说是“小聚”，总也要十多个朋友吧。事先，我打电话给鲍姐，问行不行。鲍姐犹豫了一下，说我山里人哪见过那种场面，就免了吧。我的心就凉了半截了。但又不甘心，就故意激将她。那要这样，你不肯帮我，我就把聚会取消算了。我可是把朋友都通知全了。

于是，善良的鲍姐就只好再次披挂上阵，让我的那帮狐朋狗友大快朵颐了一把。吃到畅快时，座中有一位好事者说，鲍姐，要不我们大伙儿整点钱，盘个小餐馆给你玩玩。你的好手艺白糟践了多可惜啊。鲍姐给吓了一跳：那怎么行呢，我估摸着儿子三年高中的学费挣够了就回老家了。儿子说，只要上了大学他就有把握拿奖学金来着，不让我在外面帮人了。

现在鲍姐回老家已经有两个星期了。我还真有点想她。在她临走之前，我狠狠跟她学了把，真的速成了一回。但我自己试着做了回，就是难吃，全不是一回事儿。这让我意志消沉了好多天。

其实，鲍姐说她也就是程咬金的三斧头，一是菜要新鲜。每回我请客，鲍姐总是早上6点多就起床了。买的是第一手最新鲜的菜。二是作料要齐全。什么糖醋油盐酱花椒什么的，当然四川人少不了红辣椒。但也都是超市里就能买到的东西，并不是像有些餐馆喜欢吹得天花乱坠，说什么飞机空运的山野花椒山野西红柿什么的矫情。

再就是最重要的火候了。我估摸着我没有学到鲍姐的手艺，也就是火候的问题。玄。这就像开车，师傅领进门，修行在个人，全靠我自己去多练了。但是，鲍姐临走留下一个悬念，说她有可能说服她的妹妹到北京来当小时工，因为妹妹家的经济情况还不如她呢。

所以，我现在就在期待着二鲍姐的出现。不过，我很担心，即使二鲍姐有大鲍姐的厨艺，她会像大鲍姐那样懂得人情世故吗？大鲍姐总是恰到好处地提升我这个女主人的形象。

举个小例子。鲍姐最拿手的菜是煲的老鸭汤。从一进我的家门放在火上慢慢煲，直到所有的菜都上齐了，才作为最后的一道压桌菜端上去。但最后一道作料鲍姐总是“别有用心”地让我去放进砂锅里。我这个女主人系上漂亮的小围裙，就在厨房里装模作样磨蹭一分钟后，把香气沸腾的汤锅端出去。于是，博得一片喝彩。我自然是眉飞色舞，心花怒放。聚会也就到了最高潮，真正是宾主兼欢。

所以，我每次请客，都可以把自己打扮得衣香鬓影，从容不迫地陪客人海阔天空地闲聊。到末了，还可以让客人不大不小地吃惊一下，夸奖女主人的厨艺实在是出神入化。

唉，其实大家也都知道女主人是借花献佛。但只要献上的是花，佛自然就会高兴。

我经常应邀到朋友家做客，看到那家的女主人像个道地的煮饭婆，烟熏火燎中忙得满头大汗，顾此失彼。而其实，作为客人也不会因此而心欢，至少每次我都有于心不忍的内疚。因为是在家里请客，光彩照人的女主人的谈笑风生，才是每个辛苦赴约的客人期待的愉快瞬间。

荤素随缘

素食好比打坐，开荤好比狂欢。和朋友们在一起的时候，乘机如逃学的小孩，大块吃肉，大碗喝酒，将沉重的肉身完全放松，不亦乐乎？

一个阳光清新的早晨，我打开电脑准备写字，背景音乐是调频音乐台的直播节目。只听主持人很和气地说，在我们这个素食主义的时代，素食已经成为很多城市新贵正在尝试、打算尝试的生活新方式之一。

我不由微笑，因为，这是我第一次听到“城市新贵”与“素食时代”，这是两个组合的新词。

素食对我来说，可能是前世的因缘了。听我母亲说，我12岁以前是完全不沾荤腥的。举个例子说，去别人家做客，在我们老家，包猪肉大馅馄饨是通常的待客之道。我却一口不沾，饿急了也只吃馄饨皮。或者好客的主人过意不去，另外包10个素馅的馄饨打发我。

但是，上初中以后，功课沉重，而我素食加上严重挑食，导致营养不良，体力不支，竟然到了要考虑休学的程度。后来，在医生的危言耸听之下，才慢慢调整了过来。却又过犹不及，每餐必荤，否则就罢吃。闹得母亲经常像看外星人那样揣摩我，说这孩子是不是当初抱错了，咋整的?

我感觉，其实，素食就像是一道山水好风景。它就在你人生必经的小路上等着你，就看你能不能发现它了。因为，没有一定的人生阅历的人，没有经过相当的生活历练的人，他是很难发现并去欣赏和接受的。

我到北京后又开始了不彻底的素食，已经坚持了七年，就因为朋友相赠了一本与素食有关的书。书上画了一个牛头马面的人，他正在凶狠地屠杀一头很无辜的牛。而牛是愤怒的，是悲伤的，是无望的。它的眼泪一串串地流，可是，那个屠夫丝毫没有怜惜它的意思。

我当时就傻了。我在想，我是不是也参与了无数次的对动物的谋杀呢？在我的饮食历史长途中，我究竟伤害了多少只无辜的动物呢？在我的不安全的性格元素里，究竟有多少是因为我的嗜肉而传承了各色动物的劣质品行呢？

我从那天开始就决定重新实行素食了。但是，有十多年嗜肉历史的我，要真的拒绝很多烹调精致的美味，有时候，是要在内心打仗，做很多次的挣扎的。我把这些挣扎叫做“慈悲训练”。

每次面对美味，我都让自己努力地去想象它临死前的惨烈，它的动物同伴肯定在伺机报复人类呢。我就会食欲全无。当然，素食一段时间以后，觉悟就高了很多，就不会很艰难了。

素食一段时间后，我的身体渐渐明亮起来。吃饭，很香。睡眠，很深。偶尔做梦，也是一派明媚的田园风光。素食的日子，清净无为，无风无浪，好像每天擦拭了一遍家里的物件门窗，又好似每天给自己捧了一把山野鲜花回家。我像一只食草的兔子，良善而机敏。

其实，素食的标准永远只以每个人的内心为度量衡。有的人，觉得只要不是他自己亲手杀了那只羊，那条鱼，他就是食素者，是纯洁高尚的透明人。有的人，满腔热爱欲望型的食物，嗜酒如命。也有的人，一不小心吃了一只小虾米，都会良心不安，身体不爽。

有一天，因为工作上的关系，我跟随一个朋友去拜访一个著名的香氏女人。她姓香，是个古老家族的后裔。到了她那一代只剩下一只价值连城的青铜鼎。她是一个风度优雅、气韵生动的女人。我很奇怪的是，她的家里有一种非常好闻的味道。不是简单的熏香，而是沁人肺腑地让你非常平和舒心的味道。

第二次见面的时候，我们约她到了外面，我发现她的身上也是这种让我舒心的味道。我比较大胆，好奇心也让我顾不上礼貌，就问她抹了什么品牌的香水。她很自然地说了一个品牌。竟然与我那天用的是一个品牌。那么，很自然就排除了她的香味是人工香水。我听说古时候有个公主是香君，呵气如兰，汗香也如兰。如今是第一次从身边人那里得到如此的考据，世上还真有体香的女人。

以后来往多了，熟了，我才知道，她从生下来就开始素食。家里人也都是素食者，素食简直就是她们家族的一个饮食传统。她说，她们家里养的猫和狗也都不吃肉。老鼠也并不见得就比别人家的多。呵呵。

但逢年过节，或者我买单请朋友吃饭的时候，我是荤素随缘的。清风明月的朋友要有，酒肉朋友也要有。否则，人生的乐趣会失去很多。现实中的人，并不是只为了吃营养，更多的是为了吃滋味。我一定要满足自己和别人的这种对味觉的生理与心理的双重需要。素食好比打坐，开荤好比狂欢。和朋友们在一起的时候，乘机如逃学的小孩，大块吃肉，大碗喝酒，将沉重的肉身完全放松，不亦乐乎？

瑜珈的冥想天堂

想象着自己是蓝天白云里的一朵小小蘑菇云，放松的体验类似于激情的最高潮。因为，感觉自己的灵与肉是统一的，是飞翔的。

每天的晨曦初露，窗外梧桐树上的鸟儿，三五只，便开始欢鸣。

在十分宽慰的心情下，起床。

套上纯棉的细格子晨袍，压压腿，伸伸腰，健康的感觉真好。

盘腿在运动垫子上，点击手中的调控器。台湾瑜珈师蕙兰的《心灵瑜珈》音乐悠悠然，飞扬。与音乐同时飞扬的是我的思绪，以及承载我的思绪的各个物质器官。想象着自己是蓝天白云里的一朵小小蘑菇云，放松的体验类似于激情的最高潮。因为，感觉自己的灵与肉是统一的，是飞翔的。

一小时后，最后一片音符无痕而去的时候，我的情绪已经很饱满了。足可以独自面对一整天的工作之苦与思虑之累。

关于瑜珈，有一个很有意思的小故事。移民美国才3年的安妮与她的老公最终因感情问题分手了。离婚后的安妮一度情绪低沉萧瑟，听从好朋友的建议报名参加了一个瑜珈学习班。很快，她就迷上了瑜珈一呼一吸之间的抑扬顿挫，身心慢慢重又回暖。又很快，她居然就迷上了她的瑜珈教练。教练还是一个爱尔兰血统的美国人。

一年后，瑜珈教练成为她的亲密老公。两个人卿卿我我地开车出去度蜜月。那天，他们到了一个树木成林的地方，安下野营帐篷，点上一堆篝火。夜深月高时分，两个人相拥着睡了过去。黎明前，安妮感觉冷飕飕的，而且有一种很不寻常的感觉。张开眼睛，却极其恐怖地看见一条巨大的蟒蛇。而更为恐怖的是，她的老公大半个身子已经被蟒蛇吞了进去。安妮只能隐约听见老公在挣扎中喊她快去叫人来。

安妮跌跌撞撞地跑过去发动了汽车。安妮知道，离他们最近的小村庄也要有15分钟的路程。来回就要半个小时。她的老公能坚持住吗？泪水与汗水把安妮的衣襟都打湿了。但是奇迹发生了。当安妮叫上村民赶回来开枪杀死了大蟒蛇，把蟒蛇肚子剖开，发现她的老公双手合拢正在瑜珈的冥想状态。把老公送到附近的医院，医生检查的结果是一切正常，但他的大面积肌肤已经被蟒蛇胃里的酸汁给蚀伤了。

这故事听起来有点像好莱坞恐怖大片里的情节。但有时候，生活比电影更精彩。有意思的是，这故事的版本还是一个正在修习瑜珈的高鼻子的老外用他结结巴巴的汉语说出来的。他不怎么了解东方文化里的孔子老子，却十分熟悉与迷恋瑜珈术。

不过，近几日读林语堂先生著的《苏东坡传》，很意外地读到苏东坡与他的弟弟苏子由曾经十二分努力地修行过瑜珈。在他的《养生论》里详细形容过修习瑜珈所带来的幸福状态和心灵平衡的好处。他说，先由默想控制了呼吸，达到一种精神境界，宇宙万事万物的知觉逐渐消失，最后心灵完全失去主观客观的对立感，进入浑然的真空状态。这时，他甚至能察觉脊椎骨到大脑的轻微颤动，还有全身毛发在毛囊中的茁壮生长。

我并不怎么担心有一天会机缘巧合到蟒蛇的大肚子里去一游，但所谓的幸福状态却真的很想领略一番的。如果有一天瑜珈功夫深厚到足以像随意打开自来水龙头一样，立马就能得到满捧满身的幸福感，那该有多好呢。

你驯养我吧

其实驯养宠物与笼络人心是一样的，你付出了几分努力，你才能收获几分。天上掉不下馅饼，也没有免费的午餐。

那只众所周知的狐狸对小王子说，你驯养我吧。

小王子问，什么是驯养？

狐狸说，驯养就是“建立关系”。对我而言，你只不过是个小男孩，就像其他千万个小男孩一样。我不需要你，你也同样用不着我。对你来说，我也不过是只狐狸，就跟其他千万只狐狸一样。

然而，如果你驯养我，我们将会彼此需要。对我而言，你将是宇宙间的唯一的了；我对你来说，也是世界上唯一的了。

当我与女友小渔走进她的家门时，她的两只猫咪看见亲娘似的，向她扑过来，遽尔又缠绕着她的脚后跟，喵喵喵。而小渔呢，也是敞开她“慈母”般的胸怀，包包也来不及挂，就一左一右抱起两只猫咪，心肝宝贝地疼得不行了。

但是在猫咪的眼里，是没有我的。当它们与主人亲热之后，才意识到家里来了陌生人，马上竖起毛发，慢步绕了我两圈，瞪圆了眼睛看我。审视了几分钟，感觉我并不是一个构成威胁的人，就再也不正眼瞧我一眼了。而我竟然不知好歹，腆着个笑脸想逗它们，根本没门，伸出的利爪差点刮着我的手。

这就是驯养与被驯养的关系的最经典体现。

这几年，周边的朋友领养宠物的越来越多了。聚会的时候，说起宠物时的柔情蜜意，比说起自己家的孩子时还要过分呢。这让至今还没有养过宠物的我，心里一直觉得空落落的。

搬到京郊小区之后，左邻右舍的靓狗靓猫靓鸟靓鱼，看得我眼都花心都动了。大吕家的苏格兰牧羊犬，小美家的吉娃娃，谁谁家的博美、西施，一个比一个帅气。做采访到了“金领丽人”魏雪的家里，她养的美国纯种可卡狗，浑身的毛发丝绸般柔滑。让我吃惊一条狗竟然也可以如此的富贵逼人，跟它的主人一个样。可魏雪却还说，最近比较忙，都没有带我家的宝宝去宠物美容院，要不，宝宝还要漂亮呢。典型的中产阶级的口吻，让我生生感叹这个世界上其实有很多小孩和女人，他们所受到的呵护其实还不如一条狗呢。

午夜与一个生活在美国的朋友穷聊。他听说我想养宠物，就在电话里笑得很坏，说你何不养一条大蟒蛇在家里陪你。他曾经应邀去一位美国佬的家里做客，一进门的那个瞬间，他就像是受到世纪大恐怖，完全是本能地拔腿就逃，一直逃过了几条街，惊魂才初定。原来，平日里斯斯文文的主人，那天竟然在脖子上绕了一条巨型大蟒蛇欢迎他，蛇吐着信子，嘶嘶作响呢。但这居然在美国很普遍，还有养鳄鱼养壁虎养蜥蜴的呢。不过，以后他如到朋友家里玩，第一要问的是，你家养宠物吗？完全是被吓破胆了。

不过，在我细细读了一些养宠物的书，又与养宠物达到资深级水准的朋友细聊之后，我的决定是先不养宠物，以后再说。我肯定自己对宠物的爱心和爱的能力与他们相比还有很长一段的距离。

其实驯养宠物与笼络人心是一样的，你付出了几分努力，你才能收获几分。天上掉不下馅饼，也没有免费的午餐。养宠物的人通常会说出几个让人热泪盈眶的宠物们的光辉事迹，比如，聪明的狗狂吠，惊醒了四邻，从而救了心脏病的主人。又比如被拐走的猫跨越了几个城市找到了自己的家等等。其实，就像人群一样，这样情深意重的分子，有，但很少。

唉，其实，我最大的愿望，是成为别人的宠物。在这个人情日益稀疏的世界里，能有几个人像爱护宠物一样地对待自己的朋友呢。

三条小金鱼的命和运

午夜梦回的时候，在空旷寂寥的房子里走来走去，突然意识到桌上那三条鲜活的小金鱼，它们不慌不忙，从从容容，你来我往，真让身为人种的我羡煞。生而为人哪有鱼儿快乐呢。

又是一个长假，女友坐了一个多小时的班车来陪我聊天。两人从餐馆饕餮一顿出来，在小区里闲走，就看见有卖金鱼的。摊位前，三五六人正围着，看很多很多的金鱼在很小的水盆里游来游去。鱼的生动与鲜活，色彩的鲜亮，娇弱得不堪一击的美态，不由人不为之驻足。

女友看我眼睛发亮，就掏出钱给我买了一只玻璃鱼缸。并说，鱼要几条你自己挑吧，这样你才会爱它们。我于是犹豫着终于选了三条色泽差异很大的小金鱼。一条纯黑，一条纯红，还有一条红黑相间。一湾清水涡在一只透明塑料袋里拎着快步走回家去。

之所以犹豫，是因为我不想让鱼也感受到我独自生活的无奈与寂寞。我的花花草草总是在我出差的时间里寂寞地干渴而死。从不敢养猫猫狗狗小动物，也是怕它们最终还是会成为孤魂野鬼。但是，鱼却是我心里一直十二分地喜欢着的。既然今天有这份与鱼儿相遇的良缘，那就先养了再说吧。但还是怕暴殄天物，所以，只选了三条。

真正体会到鱼儿的快乐，是午夜梦回的时候，在空旷寂寥的房子里走来走去，突然意识到桌上那三条鲜活的小金鱼，它们不慌不忙，从从容容，你来我往，真让身为人种的我羡煞。生而为人哪有鱼儿快乐呢。

玻璃鱼缸不大，三条小金鱼一天到晚游来游去，怡然自得。使我惊奇的是它们似乎与生俱来的本领，是十分自觉地遵守你来我往的交通规则，从没有见它们在狭小的空间里冲撞过。或许谦谦的君子风度是它们的天赋吧。但也许呢，只是好脾气而已了。

与鱼儿相处的好日子大概持续了两个月，我又要因为工作的关系出差上海，半个月左右。反复掂量，还是不能就这样把它们关在空房子里。万一我出差回来，看见的不是鲜活的鱼儿在游来游去，我感受到的大概不仅仅是强烈的负疚感，还有鱼死我悲的伤痛感吧。

我有一个西安的女友，有一天出差到我家里来玩，看到了我的小金鱼，就随口说了她养鱼的小故事。说是她们家装完新房子，就举家迁离了老居，但唯独把后院里的金鱼缸忘记了。偶然的一次回老居取东西，才发现鱼缸里的水早已经枯竭，而所有的金鱼像剪纸一样成为一层薄片风化在水缸里。

惨不忍睹啊。我当然不能允许这样的事发生在我的金鱼身上。最后的决定是让它们回归大自然。从哪里来，回哪儿去，应该是上上选吧。于是，在离家的前一天，我捧着它们，把它们送到了附近公园的水塘里。我站了半刻，看着它们尾巴摇来摇去地离开。让我稍感惊奇的是，它们分别往三个不同的方向游走了。很快就没有了踪影。是金鱼和人一样，其实更喜欢独处呢，还是在水塘的某个隐秘的深处有它们不见不散的约会？

我又站了一会儿，还好，那个纯黑色的小金鱼还算有点良心，它游了回来，在我的跟前转悠了一圈，才依依游走。我颇感安慰。

出差回家，我忙里偷闲又去了一次公园，在水塘边坐了一会儿。虽然没有看到小金鱼的踪迹，但碧波荡漾，我确信它们是快乐的安全的。过了一个多月，一天傍晚，我有点郁闷，就信步走到了公园里。简直不敢相信自己的眼睛。水塘里的水没有了，甚至能看见斑驳的塘底是一块块的水泥地砖。惊诧之下，问公园里的管理人员。他们说，水塘本是人工修建的，好多年了，今年是计划里的大维修，所以把水都抽干了。

那么，鱼儿呢，它们到哪里去了？

爱一棵树，爱一只猫，爱一个人

事情过去了，你也许已经弥补了自己的错误，可是，被你伤害的朋友的心灵上从此留下了一个洞。你呢，你也会因此而受到相应的伤害，人类的感情总像是一把双面利刃。

有一片枝繁叶茂的森林大家族，生长在一个空气明净溪流欢畅的山坡上，十分地幸福。科学家们看中了这片林子，于是，就在周围安上了高精密的仪器。然后，请了一个伐木工人走进林子去砍树。被砍的那棵树立即周身发抖，发散出一种奇异的感应波，瞬间波及了整片树林。于是，所有的树都开始发抖，并散发出类似于人在哭泣时的心脑电波。

第二天，那个工人又走进了树林，这次，还没有等他举起罪恶的斧子，被他砍过的树立马就晕倒了。在它晕倒前发散出的感应波，瞬间使得整片森林的枝叶都在颤抖。就好像一只羊喊，狼来了。于是，所有的羊都准备夺路逃跑一样。可是，树不如羊，可怜的树啊，竟然无路可逃。

在美国加利福尼亚州南部，有个叫阿麦莉的动物专家，她可以同任何动物交谈，从大猩猩一直到家里养的猫。

阿麦莉通过心灵感应，把她叫做“心灵三明治”的信息波发送给动物，向它们提问题，并通过耐心反复地做这种“透视力练习”，与宠物建立影像沟通的相互感应网络。

透过这种心灵感应，动物们的回答（有点恐怖）用人类的声音，甚至还带着地域的口音。她举例说，一只叫做斯坦的莱斯博斯岛籍贯的大蜥蜴不愿意吃东西，而且变得虚胖，因为它爱上了自己的主人；一匹俊俏的白马在水坑里滑倒弄伤了脚踝，是因为害怕主人训斥才不敢从水里出来。

动物们通常不怎么愿意说对主人的印象。她的叫德尼的猫说，它的女主人的男朋友嫉妒心很强；小黑狗说不喜欢它的邻居。还有的猫喜欢重复它们主人的一举一动。有一只杂种狗拒绝进食，因为它觉得它的主人不能吃东西，其实它的主人正在痛苦地减肥。阿麦莉还说如果动物生病了她能感觉到它们的痛苦情绪，也能感觉到迷了路的猫焦虑的心情。

前不久，我的信箱里收到了好几封信。说的都是同一个故事，版本略有不同。说的是，有一个老木匠想要开导总是犯错误的小木匠。于是，每当小木匠做错一件事或者说错一句话时，他就让他在院子里的柳树上钉一颗钉子。等到他改正或者弥补了自己的错误之后，再去拔掉钉子。一年不到，柳树已经是遍体淌着汁液的伤口。老木匠语重心长地说，不要轻易地伤害别人，也不要伤害你自己。每当你说错或做错什么的时候，你就在对方的心灵以及你自己的心灵上钉了一颗钉子。事情过去了，你也许已经弥补了自己的错误，可是，被你伤害的朋友的心灵上从此留下了一个洞。你呢，你也会因此而受到相应的伤害，人类的感情总像是一把双面利刃。

我低头想想，真的无法确定自己比小木匠究竟好多少。但是，我可以庆幸的是，迄今为止，我还没有有意去伤害过任何一只猫，一只狗，或者一棵树。而无意中呢，那只有天晓得了。

情色电影

他的山水与他的谈锋一样收放自如，亦庄亦谐。不过给我最大的震动不是他的摄影，而是他恍若邻家男人的随意。

如果我面含春色地告诉你，昨晚的月亮很圆，而我的枕边人是大名鼎鼎的周润发，你一定笑骂我是花痴。但这是确确实实在我的意念里存在过的影像，虽然这是一段梦境，且是未遂。

梦醒时分，我还颇为懊恼呢。一是我怎么会偏偏没有选择地与周润发这个有妇之夫搅在一起；二是，为什么竟然又是未遂。喜欢周润发确实是由来已久了。从他主演的《上海滩》一落地，我就是每天晚上追着看的追星迷之一。不过，对于我来说，他也就是影像里的人物，是镜中花、在水一方的伊人而已。但还是别有用心地把他出演的所有碟片都收集齐了。

尽管家中各路碟片满盆满钵地，但存货看完了新碟片跟不上，所谓“青黄不接”闹片荒的时候，再看三看的片子却总是选的周润发。他的《卧虎藏龙》我看了六遍。每看一次就伤心一次。因为，我的偶像比起《上海滩》时，已经老了很多。而更重要的是，他的Fans，比如我，也已经老了很多。当然我唯一的安慰是，陪我一起老的，毕竟还有周润发呵。

尽管做了多年流行文化圈的记者，采访周润发的好事却总也轮不上我。几次当我听说他到了北京了，其实却是他刚刚离开。机缘巧合的事情也还是有的。不久前，周润发到电影学院去看他的指导老师冯教授。而冯教授又恰恰正在给我们班开着一门广告摄影的课程。

所谓近水楼台。于是，我就有了与周润发“面面相觑”的大好时光。当然主要是我在看他，而不是他在看我。我拍了他整整一卷。这就为我的“春宵一刻”埋下了深深的心理伏笔。

周润发不是一个人来的，他带着他的大画幅摄影作品，还有他们“绿影”摄影工作室的朋友六七人。与他玩在一起的摄友们都是海外或者经营房地产或者经营证券期货，有钱又有闲的人。

周的作品都是花卉果蔬和大山大水。花卉都是发嫂种的，果蔬也都是发嫂从农贸市场扛回来的。周的技艺很高，他只拍黑白。他的西红柿晶莹剔透，好像是太阳“晒出油”来的质感。他的山水与他的谈锋一样收放自如，亦庄亦谐。不过给我最大的震动不是他的摄影，而是他恍若邻家男人的随意。

他说，他在出道之前，在一家摄影器材店里打工。所以，对各路器材如数家珍。但很遗憾的是，他的大半人生都是被人拍来拍去，而很少有机会自己主宰摄影机。也可能是被人拍烦了，现在也不大喜欢拍别人。唯一有耐心拍的人是他的发嫂。不过，他说，因为大底片的大画幅木头相机很笨拙，每次都等不到他摁下快门，发嫂就已经坐在那里睡着了。

从那天以后，我喜欢周润发顺带着连发嫂也一起喜欢了。这叫爱屋及乌。所以，我在梦境里也就只能是“未遂”。因为周润发有发嫂，而我有了心理障碍。

在别人的故事里迷失自己

虽然生活里的女人每每让我失望，却因为索菲亚的存在，让我感觉世界的圆满。再说，如果不是从影像里看见美女美男衣冠不整春光乍泄的样子，想在任何一种场合看见，都是一种犯罪，你能说不是吗。

女友家的小男孩，今年刚满5岁。自从他看了电视卡通《蜡笔小新》之后，对所有人宣布，他要改名“小新”。而且，不可思议的是，一有机会他就把自己的小屁股露出半截来，对着他不喜欢的人晃来晃去。一举一招完全是学那个“蜡笔小新”的做派。在大人眼里，简直是可笑之至，可恨之至。

其实，这种在别人的故事里迷失自己的状态，大人比起小孩来，有过之，无不及。包括我自己在内，遇上对自己口味的电视连续剧，到了点就急急忙忙赶回家去，一听到电视剧的开场曲，情绪就会亢奋不已。万一哪天有事没有赶上，第二天也会挺当回事儿地问同事，那个谁谁与谁谁又怎么了。开始自己还不愿意承认，觉得自己好歹也是个文化人，不关心烽火硝烟的国际大事，尽是在别人的故事里，而且还是虚构的别人的情感故事里迷失自己，多没有水准。

可是，有一天我去拜访一位声名卓著的大画家。在他的房间里，竟然看到了整套整套的电视剧的碟片，都是国内热播过，而他经常在国与国之间行走，大多错过了的。当然，还有很多的经典电影碟片。他看出我的诧异，笑笑说，看一些好的片子能长见识，尤其是对人性的了解。人这一辈子，即使经历丰富比别人多体验了几辈子的人生，也还是局限的。不好的片子呢，也能帮你解乏。有专家说，人在看电视的时候，脑电波非常接近于睡眠状态，是一种特别好的休息。再有呢，红男，绿女，看着养眼也养性。比如我特别喜欢索菲亚·罗兰，在她身上实现了我对女人全部的想象。所以，虽然生活里的女人每每让我失望，却因为索菲亚的存在，让我感觉世界的圆满。再说，如果不是从影像里看见美女美男衣冠不整春光乍泄的样子，想在任何一种场合看见，都是一种犯罪，你能说不是吗。

在场的人都笑了。

有这样一位家庭主妇米莉，是个铁杆电影迷。而且，她特别地迷恋一位男明星。只要是他的片子，她就会掏光口袋里所有的钱，跑到全市的电影院，一场一场地看下去，一直看到他的另外一部新片子上映为止。需要说明的是，很不幸的是，她有一位喜欢酗酒喜欢暴力的丈夫。

但是，奇迹终于出现了。那天，银幕上的男明星终于被米莉感动，竟然从银幕上走了出来，携着米莉到乡间度过了一段美丽时光。后来，就在他们商量着要双双私奔周游世界去的那一天，暴力的丈夫请来了警察干预，男明星不得不重又回到了银幕上。而米莉却再也不肯回到那个没有温暖的家庭里去了。她拎起了自己的小箱子，她已经获得了内心力量，她出走了，去寻找她自己的新生活。

这个故事很美，但仍然是一个电影而已，是平凡生活里的人们的渴望。是一个梦想。每个女人也包括男人，在看片子的时候，经常是在潜意识里，把自己当做了故事里的女主角或男主角。如果你的现实生活里没有机遇与自己喜欢的人相亲相爱，那么，至少你有权利选择周润发或者汤姆·克鲁斯做自己的偶像；也许你没有机会成为一个点石成金的魔术师，但是至少你可以想象自己与哈利·波特一起骑着扫帚飞上天。

假如你相信爱情

老人终于妥协说，如果你们一直往北走，走到那个有着金色琉璃瓦的大地方，你们会发达，锦衣玉食，但你们注定会分离。而如果你们一直往南走，回到你们的家乡，在静谧的湖边盖一所木头小房子，你们将白头偕老，子孙满堂。

很久以前，在北京白石桥附近，有一个“民谣酒吧”。人气出乎意料地旺，生意特别地火爆。当时的流行歌手们比如唱红“同桌的你”的老狼也经常在靠窗的桌子留座。而我和三五朋友经常光顾的原因是因为酒吧里隐隐约约地，口耳相传着一个关于爱情的故事。

酒吧的主人原是一个弹着吉他走四方的流浪歌手，在一个宁静而美丽得近乎让人绝望的湖边，流浪歌手以他的音符招来了一个有着夜莺般美妙歌声的山地女孩。于是，女孩子就跟着他走了。

天涯海角都游历了一番，吃得苦中苦之后，他们偶然地与一个命相老人不期而遇。已经心力交瘁的他们一定要老人给他们指点迷津。老人做深沉状，低眉不语。女孩子就一首一首地给老人唱歌。

老人终于妥协说，如果你们一直往北走，走到那个有着金色琉璃瓦的大地方，你们会发达，锦衣玉食，但你们注定会分离。而如果你们一直往南走，回到你们的家乡，在静谧的湖边盖一所木头小房子，你们将白头偕老，子孙满堂。

女孩子不假思索地笑，我们怎么会分离呢，我相信爱情不相信你。我们要去北方，去挖我们的金子。老人怜悯地看着他们，再不说什么了。

故事的结尾是，两个人在北京辛苦打拼，一个酒吧一个酒吧地轮着弹

唱，终于凑够了他们的第一桶金开了这个民谣酒吧。但酒吧开业一周年的前夜，那个女孩不辞而别，只是留下一张小纸条，让男孩子今生今世不必再找他了。所谓恩断义绝的意思。

但那个男孩却一直坚守在那里。每天晚上酒吧的高潮是那个男孩子自弹自唱他的成名曲，也是他在湖边把他的女孩子从深山里引出来的那首美妙的歌谣，题目就叫“你相信爱情吗”。

一日复一日，后来是一年复一年，男孩不曾间断过。歌声里的苦苦的爱，与苦苦的痛，后来就成了我们经常去酒吧的理由之一。

我们一厢情愿地相信，男孩子还在苦苦地等着他的美丽新娘。尽管他的身边一直不停地换着女孩子。很多女生整晚整晚地守在酒吧里就为了反反复复听他唱那首《你相信爱情吗》。

有一天，男孩子在唱这句歌词的时候，台下就有一个女孩子失声痛哭，喊道，我相信爱情，可是你为什么不爱我呢。那个女孩子也有着长长的头发与红红的嘴唇。

后来那个酒吧因为城市改造的缘故拆迁了，搬到了另一个地方。朋友们再约我去的时候，我就有点犹豫。架不住他们起哄，就跟着他们找去了。但是远远看见酒吧招牌的时候，我却执意下车走了。因为我感觉新地址的酒吧里已经没有那个忧郁的爱情故事了。

又过了一段时间，我在音像店里看见了一张CD，是那个男孩子的个人专辑《你相信爱情吗》。我也没有买。因为那个旋律已经很深地印在我的记忆里了。

在北京寒冷的冬天，在我进修图片摄影的课堂上，我还听到了另一个关于爱情的故事，凄美至极，却也因此温暖过我的心田。

说是一对曾经款款深情的恋人，女孩子因意外而仙去了。男孩子无法面对变故，终于精神世界恍惚了。他以前是一个很好的摄影师，现在他每天在大街上恍恍惚惚地奔走着，手里的照相机也始终不停地在“咔嚓，咔嚓”地响。

有一天他疲倦极了就把自己永远地送交给了上帝。他的家人在他留下的物品里发现了没有冲洗过的十几个卷，不知道怎么办，就交给了他的开彩扩店的朋友帮忙。洗出来一看，几乎所有看过照片的人都因为感动而流下了眼泪。

几百张照片的焦点都是一张张快乐微笑的脸，一双双透明黑亮的眼睛，还有一对对情人们深情搂抱的背影。

邓丽君的寂寞

而在我感知的世界里，邓丽君却是最为寂寞的一个女人。高处不胜寒的体验，在她一定是最最深刻的。

她最后的日子里，最贴心的人是她的厨娘。

邓丽君的风韵，只可以用“一片冰心在玉壶”来形容。

她的轻言微笑，她的浅斟低唱，她的妙曼莲步，无不是最具东方韵味的风情万种，仪态万方。而这些美丽的辞藻，在邓丽君面前，不过是陈词滥调。

如果一个四世同堂的大家庭，联袂结伴，开开心心地到音乐厅去，或者坐在一个电视机前看节目。那必定是在看邓丽君。因为只有邓丽君才具备如此老少咸宜的亲和力。老奶奶和小孙儿在邓丽君的微笑与歌声里，会在同一个节奏里欢呼，我好爱你哦。

几乎有华人的地方就有邓丽君的歌声与歌迷存在，不是一个，而是一片。也有人认为邓丽君最铁最狂热的Fans不是在台湾或者内地，而是在日本以及东南亚。在邓丽君骑鹤仙去周年忌的那几天里，她在台湾的墓地与故居，歌迷们从全世界赶来，拥挤着，以致周围几条主路都交通堵塞。她的墓地四季贡果飘香，鲜花环绕。鲜花的颜色最多的是邓丽君生前最喜欢的两种颜色，紫色和桃色。

最美妙的声音也就是绕梁三日，何况邓丽君的影响力几乎可以追溯到她12岁出道的那一刻。

邓丽君浓装淡抹总相宜。古装出场，一片掌声。最为摩登的西式打扮亮相，也是全场喝彩。在内地，因为历史的因素，是先听到邓丽君的歌声，很多年后通过画片或者媒体才见到邓丽君的“真面目”。有人形容好不容易见到邓丽君的一刹那的感觉，是“美梦成真”。

邓丽君的风韵是出尘的，无敌的。甚至邓丽君的Fans预言中国历史上50年内很难再出一个邓丽君，50年内将无人与之匹敌。他们说，因为，有邓丽君的歌声，不一定有她的美貌；有她的歌声和美貌，不一定有她那样善良的心、好脾气及永葆谦逊的态度；就算三者都有，也可能汲汲于歌唱事业，缺少对社会大众的关怀（她在世界各地有很多慈善捐助）；就算四者皆具，也不一定有她那样的语言天分；就假设五种都有，还恰巧能生就一双迷人美腿，简直太难太难。

但是美，几乎所有的美都是具有亲和力的同时，也就具有杀伤力。好像一把双面利刃。美到了极致，美的亲和力和杀伤力就似一条双头蛇，向两个极地无尽地延伸。她的铁杆Fans如是说，邓丽君的歌听久了或者看她的影像久了，发现她的侵略性很强。不知不觉中就会被她占据，但通常不是一开始，而是当你正在做一件事情时，邓丽君某首歌的旋律莫名其妙从你口中哼出时，连你自己都不知道。

但邓丽君的风韵不是如“莎朗·斯通”般的，是床底下藏着的一把寒光闪闪的冰锥，而是在你的心底里绽放出一朵又一朵温煦和美的莲花来。

她的微笑与歌声，能带给你的都是如春风秋月般明亮温暖的元素。如果把组成邓丽君的所有的元素都分解开，那么，好比是蓝天白云，好比是碧水青山，好比是绿叶红花，都是再本色不过的。

她所有的歌词都直白如口语，所有的旋律都简单似民谣，她的五官也是邻家女孩般的朴素。她的眼神亲切温和得像你家养小猫的眼神。

甚至她的最心爱的吃食竟然是再平民不过的猪脚。

而在我感知的世界里，邓丽君却是最为寂寞的一个女人。高处不胜寒的体验，在她一定是最最深刻的。

她最后的日子里，最贴心的人是她的厨娘。她上街，要拉着厨娘的手。在家里坐着，她就和厨娘说话。她任凭厨娘把她喂饱，在最后喂成了一个胖子。

遥望是一种最美丽的姿态

布什，战争，她的头，随着再一次的转换时差而剧痛起来。而母亲的微笑与菜园子里的大白菜，让她的心也跟着痛了起来。

总听人说，充满希望的旅行，在没有到达目的地的时候，感觉是最好的。所谓的神游，或者叫做卧游，就是。不管是何种目的性的游走，其结局都是失望的成分居多。

我的一位女友在纽约读书两年工作三年，最近半年的每天深夜，总在母亲烙的玉米饼子的芳香里，或者失眠或者泪流满面地醒过来。所以，她开始处心积虑地筹划着一次回国返乡的旅行。北京是她的第一站。

可是，一下飞机，灰蒙蒙的天空让她压抑，三级不良空气使她的喉咙开始发炎，国人随地吐痰的恶习简直就让她目瞪口呆。而多年不见的大学同窗好友，也让她十分失望。过去意气风发的男生差不多都捧着啤酒肚腩，面目不能算是可憎，但言语绝对的无味。记忆里光彩照人的女生，也是颇为造作地描着假眉，原本亮晶晶的眼神却已经暗淡了很多。

而其实她在老同学的眼里，也是说话洋气，穿着土气，而花钱尤其小气，出国留学人的毛病她似乎都沾上了。

好不容易辗转回到了冰封千里的故乡故土，记忆深处温暖甜蜜的小屋和父亲母亲的容颜一样，衰老得比想象的还要厉害，弟弟弟媳以及他们的一双儿女迟钝生疏的目光也让她心中打颤。

当晚，睡得是真香。一夜无梦。早晨，日上三竿，她醒了。发现母亲已

经把她满是泥泞的靴子擦得干干净净放在了炕边，她的眼泪就又流了下来。她知道，她是真的回到家了。

但是，奇怪的是，一个星期还没有住满，她却有点按捺不住想走的心思了。纽约纽约，往日里让她寂寞，让她无奈的一切，贪婪的房东，小气的同事，不大称心的男友，却好似在呼唤她，她又开始想念纽约的一切好与不好了。

待她回到了纽约，已是深夜，出租车司机是一个喜欢说话的土耳其人，副座上是他艳丽异常的西班牙女友。他们很友好地告诉她说，你赶快去买一个防毒面具吧，还要注意防空警报的演习云云。布什，战争，她的头，随着再一次的转换时差而剧痛起来。而母亲的微笑与菜园子里的大白菜，让她的心也跟着痛了起来。

她在想，下一次回国大约是在什么时候呢。

独木桥

如我单身族类，就喜欢走一条自己铺就的独木桥。自己伐木造自己的路。是很辛苦。可是，我们不用担心丈夫平庸或者家庭暴力，也不用担心秋千男人是否可靠。

周末，女友小渔约了我去远足。还有很多她熟悉的朋友。

那个叫苏家河的地方，在炎炎骄阳下仿佛是美丽的彼岸，遥不可及。

驱车60公里以后，又翻越了几座山冈。就在我感觉，体能的消耗差不多达到极限的前一刻，终于，听到了潺潺的流水声。真是美妙的天籁之音。

入夜，借来老乡的马灯，又在巨大的河卵石上点上几支红蜡烛。于是，好男好女们开始对歌，喝酒，玩笑。

却有一个绿衣女子，她盘腿坐在一颗大卵石上，悠悠然说了一道颇有意思的心理测试题。

两岸有青山，中间一条宽阔的苏家河。你要过河，有四种方式可供选择：

划船。荡秋千。骑在鳄鱼背上。独木桥。

人人都争先恐后发言。差不多有一半的人选择划船。有一个人选择鳄鱼背。还有三位小姐选择荡秋千。竟然没有人选择独木桥。

绿衣小姐解析说：

选择划船的人，心理状态是大众的常态。稳妥型的人通常会如此。

荡秋千的女人通常比较浪漫比较聪明。

骑鳄鱼背的人肯定有暴力倾向。

如果有人喜欢独木桥，那他很可能是自虐型的。

我没有来得及发言。没有人选择的独木桥，我是有点想走的。但我的性格里真就有所谓的自虐倾向吗？当时，烛光下的交流如火如荼，我没有多想，就把自己融入了人群。也以为自己已经把关于独木桥的问号留在了河边。

可是，回到自己的房子里，一个人静静独处的时候，那条虚无的独木桥却在我的思维里忽隐忽现。

我身边的女子，一个一个各具状态。归拢来说，好像也可以分成四拨。

一大半的女子选择了与所谓般配的男人结婚，生子，生活在常态里。

有聪明浪漫的女子走了捷径，找到了扶她上青云的“秋千”男人，轻轻松松，省略了人生积累的必要过程。

有强势的女子，以她强有力的内心能量和同样强有力的手段，硬是征服了“鳄鱼型”的男人，进入了她想要的的理想状态。

而我，如我单身族类，就喜欢走一条自己铺就的独木桥。自己伐木造自己的路。是很辛苦。

可是，我们不用担心丈夫平庸或者家庭暴力，也不用担心秋千男人是否可靠。因为，万一秋千男人花心，也许会摔伤了自己。而与鳄鱼较量，也许是你死，也许是我活，如果自己没有与鳄鱼同等的能量，这样的游戏未必能玩得转。

所以，铺一条独木桥，练好自己的平衡力，有惊无险的时候居多。想想也挺好。

失恋的韩国

这个美丽的假期其实是被我差点毁于一旦。阿琳是无辜的替罪羊，为了我以前的遇人不淑。这与阿琳有什么相干呢。

出境游，去韩国是最方便的。所以，约了女友阿琳同行。

临出门前，电话响了。犹豫了一下，还是放下大包小包，奔过去接。

却是他打来的，一个我已经决意要与他分手的男人。

他殷勤有加，虚寒问暖，诸如旅途的种种细节。我冷笑。早知今日，何必当初。我对他好的时候，他对我并不好。等他感觉我真的下了狠心了，他倒是低声下气地求我来了。

但我已经被冻僵了一回，挫败的经验使我再不会对他回暖。

可是，抑郁的心情却纠缠着我，一直陪伴我到了机场。

阿琳已经很恼火了，因为我的姗姗来迟。

或许我应该立马真诚地向她道歉，并说明原委。但我冰冷地坚守着自己的抑郁，没有任何表示。阿琳有一个感情笃定的丈夫，一个漂亮的孩子。这些都是我潜意识里嫉妒她，觉得我可以冷漠她的理由。

飞机准点起飞了。我的情绪却并没有和缓过来。相反，更加沉迷于往日种种的情感细节里，十二分的愚蠢。给自己认真过的感情盖棺论定，使我沮丧。

身边的阿琳皱着眉心。我的沮丧，不明究竟的她，肯定会认为我是无事生恶。于是，她也冷漠地回对我。

这种可笑的状态，居然就一直伴随着我们的整个旅途。

在旅馆里，我们终于因为一个细节吵了开来。这个细节竟然是我们，两个女人，很宏观地讨论国计民生。是说，北京街头何以如此之拥挤，而汉城大街上人群稀少，秩序井然。甚至都不怎么见到被晒成汉堡包的警察。我的论点是，汉城的治安好，是因为群体的素质高，素质高的基础是他们经济发展得好。穷山恶水才出刁民嘛。

阿琳却居心叵测地说了一句，北京的外地人太多了，这才是万恶之源。她当然是有所指的，因为我到北京才若干年，而她出生在北京。尽管她的父辈也是外省人，好像还是我的同籍。

我冷笑。我告诉她，好像我们的国家主席老胡和国家总理老温也不是北京人。如果没有历朝历代的优秀的外省人前赴后继地建设进化北京，北京人恐怕还是土著时代。

其实我真正喜欢的韩国的东西，只有两样。一是空气，一是冰箱贴。他们的冰箱贴做得真卡通，五彩缤纷，煞是好看。

阿琳看我喜欢，竟然把她采买的冰箱贴，慷慨地让我挑走了两样。

这个友善的表示让我内疚起来。

这个美丽的假期其实是被我差点毁于一旦。阿琳是无辜的替罪羊，为了我以前的遇人不淑。这与阿琳有什么相干呢。

回国后，我给阿琳发了一封邮件，我告诉她，其实我只在乎你。

她很快回了邮件，说她原可以做得更好。

我和阿琳依然是最好的朋友。来来往往的时候很多，我们却很少谈到韩国之旅。她当然也不知道，韩国对于我来说，永远是一座弥漫着失恋情绪的国度。

懒洋洋的下午放风筝

我需要那一刻让灵魂与身体一起飞扬的激情时光。有了这一瞬间的辉煌与浓烈，那么，余下的日子也许会平淡，却能因此而平淡出另一种人生的味道。

在一个懒洋洋的下午，我走了好远的路去买了一只漂亮的风筝。又走了好远的路去放风筝。那天的风很大，却悠悠然地不是很着急。正适合风筝的飞翔。

红黄蓝三原色的巨大色块拼贴而成的风筝，在遥远的蓝天上像一块美丽的吉祥云，飘呀飘呀。而我的双脚就好像踩在了吉祥云上，整个人暖融融的，喝醉了酒似的陶醉，晃晃悠悠地，简直不知今夕是何年了。

但是突然，在我不注意的时刻，风筝扶摇直上，挣脱了我手里的白线，逃一般飘走了。这是我第一次独自放风筝，一切都是新鲜而有趣，却没有想到，风筝也“欺”我是新手，自个儿独自周游世界去了。

而其实，我的心里是因此快乐得直打颤的，我相信，放飞了的风筝会把我的梦想带走。这份梦想，与名无关，与利也不沾边，但却是与快乐有关的。

过了几天，又有了一个偷得人生半日闲的工夫，我又去买了一只风筝。我需要那一刻让灵魂与身体一起飞扬的激情时光。有了这一瞬间的辉煌与浓烈，那么，余下的日子也许会平淡，却能因此而平淡出另一种人生的味道。

到香格里拉公社晒太阳

她线条美妙的五官与身形，薄暮里尤其迷人。这个香格里拉公社，因几位外籍的艺术家加盟，就多了几分地球村的特色。

女友阿雪酷酷的。有人比喻她是重金属。而其实，她是一位好温柔的女子。做了几年全职太太之后，有些烦了，就到软绵绵的小女人刊物做编辑。遇上了祥瑞的蘑菇云，运气很不错，短短的时间里，一路跳格，做了一家杂志的主编。等到大家对她都期待很高的时候，她却退隐了。电话手机在一个瞬间里统统成了空号。

关于她扬长而去的原因，圈内朋友有很多的揣测。我想呢，她不过是累了，想归隐了。或者也有可能在全神贯注做一件大事。是那种只能成功，不许失败的大事情。以我对她的了解。

一年零三个月后，她软绵绵懒洋洋的声音就又出现了。一阵情真意切的道歉之后，她说，我现在已经是一个农民了，你想不想到我的“香格里拉公社”来看看？

当然。

她说，她的香格里拉公社在机场路附近，到了来广营，再找崔各庄，然后是在费家村里。我只好“按图索骥”，密密麻麻的一份路线图，让新学开车的我，左三转，右三绕的，碾过了农民铺在路上凉晒的黄玉米，还真就找到了一个香格里拉公社。

厚厚重重的圆木制大门，缓缓开启。一排排漂亮的向日葵，金黄色的脸盘齐刷刷地仰望着蓝天白云。还真是到了都市里的村庄了，天就是比城里蓝一点，隐隐约约的，空气里还有各种植物的清香味。知了的叫声也是久违了的欢畅。

不过，远处的庄稼地里好像蹲了一个人，因为距离的关系，我看不清楚他的面目。但他蹲着长时间地一动不动，在我感觉里，他就有些不怀好意了。幸好，女主人及时赶到。但她看我惊疑的样子，嘴都快笑歪了。她说，你走近去细瞅瞅。

我哑然失笑。原来是一座与真人大小一比一的雕塑作品。是她公社里的一个成员的作品。题目就叫“劳动者”。很憨的五官，很憨的表情。作品系列大概有十几个，分散在香格里拉公社的每个角落里，不经意者看见了，就以为是一个人在那里站着抽烟，或者微笑，或者与同伴唠嗑，或者什么也不干，就坐在那里晒太阳。有趣极了。

与这组作品相异的是一群光头男子的雕塑。好像是一个模子里克隆出来的。被刷上鲜红色的油漆，闪闪发亮，分排在道路两侧。在我看来就有些虚张声势地张扬了。颇有点Post-Modernism（后现代)的意味，不如“劳动者”系列令人捧腹发笑。但艺术家的心态与常人的我就是不一样的吧，他，想表现什么呢？荒诞不经？对世界对现实生活的看法吗？

这个香格里拉公社与同在首都机场附近的意大利农庄很不一样。那个聪明的意大利人，在农庄，娶中国老婆生娃娃的同时，引进意大利农作物种子嫁接成中国新品，出售新鲜的农作物产品，及经营比萨餐厅。而香格里拉公社更多的是一个艺术家村落。有点像过去比较有名气的圆明园画家村，以及后来的通州附近的东村或者宋庄艺术家村落。

在香格里拉公社里，已经有三个艺术设计工作室，两个雕塑工作室，分别是陶雕与铜雕。他们的窑分别是本市私人拥有的最大的窑之一。还有一个画廊，一个摄影棚，一个艺术品展厅。当然，还有开着小黄花的丝瓜棚，长着五色花卉的小苗圃。

原先大概是农民用来储备粮食的高高大大的房子，就这么给艺术家们改造成了一座座工作室，卓有成效地生产出一拨拨赏心悦目，或者怪诞不经的作品。比起以前的艺术家村落，香格里拉公社要显得整齐而有规模。在公社里来来往往的男男女女艺术家们，也蓄着长发，衣衫不整，却没有穷酸艺术家们通常有的落魄的气息。相反，给我的感觉是他们很富有呢，院落里停靠的私家车一辆一辆的，也都是中档偏上的品牌车。

从他们敞亮的玻璃窗望进去，家里的布置也都考究，且品位不俗。那份考究，不是中产阶级追求的华丽精致，而是搞艺术的人喜欢的朴拙天成。比如你会突然看见一辆独轮小推车，只有在电影《地道战》里看到过的东西，却在别人的客厅里被当作艺术品供着呢。再比如一只斑斑历史痕迹的车轱辘，有缺损的陶罐什么的。老奶奶藏宝贝的描金漆盒，手拎提篮等等。还有一户人家居然养了一条差不多与人比肩的大狗，看起来很恶，能唬人，其实却类似苏格兰牧羊犬，看家护院逗小孩。

我们在女主人家的大客厅里闲坐。那张她自己设计制造的大沙发，让人坐下去竟然就不再想站起来了。我们就这么闲散着喝菊花茶，看着太阳一点一点偏西，落日的余晖让屋里以及窗外的一切显现油画般的祥和。

一池鱼欢快着，渐渐聚在水中央，不怎么动荡了。

三五小孩在院子里疯玩，踢球。一个金发蓝眼睛的小男孩很特别，因为他喊出来的居然是中文，且口齿清晰。他的妈妈，一个漂亮的法国女子走过来了，穿着油漆斑斑的工装裤，金发很简洁地在后脑挽了一个髻。她线条美妙的五官与身形，薄暮里尤其迷人。这个香格里拉公社，因几位外籍的艺术家加盟，就多了几分地球村的特色。

院落里的人慢慢多起来了。劳作了一天的艺术家们走出工作室，脸容疲惫，眼神却是晶亮得很。暮色里海阔天空地神聊，大概也是他们每天的期待之一。还有从城里开车来的，衣着前卫的时髦男女也三五成群地散漫着，融进了有着他们特殊语汇的话语里。

在那种闲适的氛围里，每个人都会打打哈欠，脸上漫开恬淡的微笑。我忍不住很不合时宜地问女主人，忙完了这个公社，你会不会再次失踪一年，生娃娃去呢？她笑而不语。笑得还很神秘。

意大利农庄

当天晚上，我把家里所有的小猪小狗的储蓄罐找出来，丢了一把零钱进去，先存着吧，说不定等我退休的时候，也能盘个几亩地种几棵兰花再种几棵大白菜。

周末，开车出门郊游。方向盘在手里，却不知道这次应该去哪里。因为，京郊好玩的地方大都去过了。同行的朋友说，要不，去意大利农场吧。

所有的人闻听，都为之精神一爽。因为说起意大利，马上就会联想到帕瓦罗蒂的男高音，联想到足球，联想到他们美丽的城市建筑。当然还有，如果黑手党远离我们的现实生活，作为卡通人物存在的话，也是颇有点黑色英雄主义的色彩的。

不是很远，大约40分钟后，我们的四轮就到了意大利农庄的地盘上了。还真是一位意大利人开的呢。这位幸运的意大利人娶了一位漂亮的中国太太，教她学意大利语的同时，也真就经营出一个颇具规模的农庄来了。而他们的一双儿女，也已经能够骑着儿童车满院子溜着疯了。只是这个意大利人，身高只有帕瓦罗蒂的二分之一，而体重大概只有帕瓦罗蒂的三分之一了。但看上去还是有一副见多识广的庄主类型的从容不迫。

枝繁叶茂，绿荫婆娑的场院里，竟然还立了两个并列的秋千架。我立马奔过去牢牢占据了一个晃悠晃悠起来，惬意极了。远处，一匹年轻的灰白色的马，在树下很休闲地在纳凉，它的头扭来扭去的，是在歼灭身上的跳蚤吗？另一匹红棕色的大马缓缓而行，骑者是一位头戴草帽的牛仔，看起来十八九岁的样子。大概是农场的工人吧。更远处呢，是整齐划一，葱绿一片的田垄，坐在我的秋千架上望过去，居然也觉得浩瀚得不着边际。

而近处，有一排的瓶瓶罐罐，仔细看是意大利人酿制的果酱类的东西，大概属于祖传秘制之类的吧。

意大利人确实很具有商业头脑呢，他在自己的农庄里还开了一个餐馆，能同时容纳一二百人用餐。我们到达的时候，虽不是用餐时间，也已经有两个系列的人分两个长条桌在那里喝着什么。其中一个系列的人看起来像摄影学院的学生，因为十分整齐地年轻，脖子上还挂着大大小小的相机。另一个系列的人，我估计是他们的中国亲戚。因为，在他们老老少少吵吵嚷嚷告别的时候，中国太太把看来是早先准备好，码在一边的一大包一大包新鲜采摘的黄瓜西红柿豆角什么的分给他们。看得我垂涎不已。忍不住问，能不能卖一点给我哦?

虽不是很饿，但还是受不了诱惑，随一行人进餐厅坐下。红白格子的餐桌布看着干净，红砖摞起来的长条凳子腿，黑色大理石的凳子面，坐着也很凉爽。坐中有一位十分有趣的朋友，是从哈佛商学院出来的MBA，摊开手掌，哇，戏剧性地跳出十几石蚂蚱，瞬间跑得满桌子都是。他说，都是他十分钟之内在草丛里抓的。因了这些蚂蚱，我们终于相信了他一贯吹嘘的，出身穷乡僻壤，6 岁以前没有穿过袜子，小学五年的每个星期一他都背了两大布口袋的红薯饼（一个星期的口粮），到几十里外的学校去读书等等，高尔基式的悲惨童年的真实性。

我是最不喜欢比萨饼的味道的，偏偏这个意大利人的餐厅最拿手最特色的就是比萨。好在我早就瞄上了他们的地产蔬果。西红柿黄瓜真就不是寻常超市里见到的那品种，黄瓜粗粗大大短短，西红柿有尖尖的，有皱皱皮的，也有小圆型的。但与我们通常说的樱桃西红柿又不是一回事儿。中国太太说，都是引进的意大利新品，刚刚培育成功呢。结果是我点的这盘红红绿绿的蔬果被列强瓜分一空，不得已我又要了一盘。

打道回府的时候，我自然少不了买了几袋子的西红柿黄瓜拎走。当天晚上，我把家里所有的小猪小狗的储蓄罐找出来，丢了一把零钱进去，先存着吧，说不定等我退休的时候，也能盘个几亩地种几棵兰花再种几棵大白菜。

学一门新手艺

于是，就有一天突然抱了一架古琴回家，当场给儿子演奏了一曲“梅花三弄”。效果自然是很戏剧性，她把他镇住了。

远近的朋友都知道，近两个月我的心情大爽，因为我在学一门新手艺。很努力，也很投入。我省吃俭用之后终于给自己送了一件向往已久的礼物，一架装备优良的照相机。从镜头里看风景，看人生百态，竟然会看出很多新鲜的感觉。我兴奋地发现，我与这个周遭的世界建立了一种新的对话方式。

看着一个大南瓜在移动的阳光下变幻出不同的迷人的状态，再把一盆水仙花置放到阳台上，给它拍了整整一卷不同色差，以及俯拍平拍等等不同角度的照片。接下来轮到家里的宠物了。一对红蓝色的史奴比，一对戴博士帽的小熊，一只绿绒布袋熊，三只名叫花样年华的穿旗袍的小猪，适得其所地在房间的不同角落里呈现出它们可爱的娇媚。摆弄这些，就花了我足足两个礼拜的休息时间。

等到我把房间里的家具餐具等等都归拢到我的镜头里之后，我感受到的欢喜，一是我的镜头运用已经有些门道了，一种掌握新技艺的喜悦让我的每个细胞都洋溢了芬芳的舒适快意。其次，我从来没有如此自信地意识到自己的家是美丽的，生动的，独特的。

好心情总希望与人分享。打电话给朋友拜年的时候，免不了夸夸自己的新手艺。不料，却因此分享到了别人的很多快乐。一个也是做记者的单亲妈妈，很长时候都没有联系，她总说自己忙得一塌糊涂，却现在才肯告知，她最近在忙着学古琴。

刻苦地学，每星期的双休日都要转好几道公车赶到城区的文化馆去学习。

一开始她不肯告诉任何人，因为怕万一学不出什么眉目，白白授人笑柄。就连自己的孩子也瞒着。直到有一天，她做梦都在弹奏古琴，她知道自己已经摸到一点门径了。

于是，就有一天突然抱了一架古琴回家，当场给儿子演奏了一曲“梅花三弄”。效果自然是很戏剧性，她把他镇住了。原本只崇拜成龙的儿子，那天晚上追着妈妈的衣裙说了一连串的“妈妈，我好崇拜你哦”。

女友在电话里言语欢快地说，真的是很有意思的事啊。别人的感觉还在其次，最重要的是，我感觉自己的脑细胞又都活了过来。三十多岁的女人了，以前忙了工作忙儿子，脑子木木的，所有的感觉都是别人的。现在儿子也快小学毕业了。我呢也好不容易到了有点钱也有点闲的状态了，不妨去圆一圆自己从小就有的梦想，在古琴上弹一曲雅乐。其乐融融，其乐无限哦。

另一位单身女友的新手艺居然是做各种各样的镜框。她是职业水彩画家。家里去年做了装修，请的木匠手艺差强人意，换了一个，仍不如人意。一气之下，她自己动手，买了一全套工具，锯呀，刨啊，挫呀，忙了一个夏天，把家里的衣柜、书桌、餐桌椅子什么的，统统做成了。还余下了好多边边角角的木料，丢弃了自然十分可惜。

她就又动手做了好多大大小小的镜框，并给它们涂上十分唯美的颜色。朋友们来了，对她的柜椅什么的，并不敢多恭维什么，却对精致的镜框赞不绝口，爱不释手。她一高兴，就很慷慨地送了他们几个。这些朋友也大都是画画的，需求量颇大，又不好意思老是伸手要，就预付钱若干，让她给他们定做。时间长了，她发现这是一门很赚钱的手艺，于是，干脆与人合伙开了一家小店铺，出售镜框和他们自己的，以及朋友们的画。

她惊奇地发现，画画累了去做木工，做木工疲了再去画画，是很出效果的事儿。结果是艺术与金钱都有保障。不过，最主要的，她从此心情大爽，心和手的距离越来越近了。

再生繁花

她一个人独处的时候，经常即兴起舞。这是郁闷的时候，自己与自己玩的一种游戏。对她来说，独自起舞，也是她与自己对话的方式之一。

几天前，去看一个很久没有见面的女朋友。她在我的临近小区买了一套宽敞的房子。作为一名曾经获得国际声誉的女导演，她已经沉寂很久了。我认识她的时候，她一人独居，正在养病，因为药物的关系，人看起来很胖。但是，这次的感觉特别不一样。

门打开的一刹那，她灿烂的微笑扑面而来，特别的精神烁烁。而且，明显的瘦了。薄薄的毛衣里面显出她柔软灵动的腰肢，全身上下，焕然一新。她的目光，透出不一般的睿智与坚强，原先的忧郁也找不到了。

阳光下的豆绿色躺椅，一壶菊花茶。我与她闲倚着聊天说地。说累了，她起身打开音响。可是，不期然地，她舒展开四肢，对着我做了一个十分优雅的姿态。

在我吃惊的表情里，她开始翩然起舞。完全是即兴式的，但看得出她的形体与姿态语言是受到过专业训练的，具有很好的张力。

她跳了很久，始终面带微笑。笑容里甚至有点点的神秘与得意。因为居然观者如我，已经全然被她的舞蹈感动了。在我眼里，已经不很年轻的她，很温柔，甚至有点迷人呢。

在跳得最为投入的那一个瞬间，从她迷醉的状态里，我感觉，她已经忘记自己也忘记了我的存在。

一曲终了，她把自己定格在一个非常漂亮的姿态上。我报以最热烈也是最真诚的掌声。

这是一个出色的，内心世界极其丰富与美好的女子。在她的生命里巨大的成功与同样巨大的劫难，都没有能摧毁她。

我问她，作为女导演，她怎么会有这么好的舞蹈基本功呢？她颇为自豪地说是童子功。她一个人独处的时候，经常即兴起舞。这是郁闷的时候，自己与自己玩的一种游戏。

对她来说，独自起舞，也是她与自己对话的方式之一。她说从中她得益多多。每次跳完一曲，微微出一点薄汗，通体的血脉温暖而舒畅。最可喜的是情绪彻底放松了。可以放飞自己的心灵，让被尘事黏滞住的情绪重新飞扬起来。感觉自己好棒哦，就好像给了自己一点欣赏，一点喝彩，一点慰藉。好比是在汤里放一勺蘑菇精，可以提味，让生活的美好的一面更多地呈现在自己的面前。

从她那里出来后，一连几天心情好爽。每一个积极的生命总会给周边的人带来一点温暖的鼓励。甚至我走在路上，看到叶子凋零后风骨嶙峋的树木也觉得是特别有味道的，因为能够预见到它再生繁花时的美丽。

在自己的小窝里，禁不住好心情的驱使，提来一桶清水，把地板擦得亮亮的。继而又把窗子书架擦得洁净如新。而嗓子里也已经有一串欢乐的音符直想冒出来。

如果你真的想快乐，那谁能阻挡你呢。

内心的微笑

出了大门，我看她的背影有些孤单，就说我送你吧。那是一个清冷的秋夜。从此，小渔一直对我很好。她说，她感受到了我发自内心的友善，好比一个莲花般的微笑，让她觉得温暖而舒适。

自从我把家搬到京郊之后，我发现一个无奈的事实，我的朋友越来越稀疏了。虽说真朋友即使大半年不见面，也还是朋友，但时空的转换会使天地日月失色，何况人心人情呢。不过女友小渔不是这样的。她感知我的寂寞，三五天总有电话追过来温言絮叨一番，让我深感安慰。有一天，我忍不住与她开玩笑说，你为什么对我这么好呢，我们又成不了“红粉知己”。

她也笑，说是因为你先对我好，我也就不能不对你好。我与小渔是在一个很多人的聚会上偶然相识的。末了，一袭白裙的小渔要先走，一旁的我也正想撤退，就顺势与东道主告别。出了大门，我看她的背影有些孤单，就说我送你吧。那是一个清冷的秋夜。从此，小渔一直对我很好。她说，她感受到了我发自内心的友善，好比一个莲花般的微笑，让她觉得温暖而舒适。

小渔的话让我想起了另外一个人的善意的微笑。他的微笑一直开放在我的记忆里，同样地美丽宛如莲花。

我搬到郊区后的一个夏日的早晨，我匆忙出门赶班车。在小区的停车场路过，一辆墨绿色的Nissan（尼桑）像一条大鱼缓缓而出。我给车让了路，然后继续赶自己的路，但我却发现，尼桑很有风度地在小区的门口停了下来，然后车窗摇了下来。你要去哪里，我能送你一段吗？是一个素面不相识但儒雅谦和的男子。

不知道为什么，我并没有很犹豫就上车了。过后回忆起来，大概与小渔当初的感觉一样，是因为我同样感受到了他内心善意的微笑。仅仅凭直觉，有时候你就会相信一个人一件事，或者正相反。一路上闲聊，我知道他竟然与我住同一栋楼，但不是一个门洞。他和妻子两人做公司，有两个孩子已经送到加拿大读高中去了。到了市中心地段，我下了车。临到下车的最后一分钟我都在犹豫，要不要给他留一个联系方式。但最终还是没有。他也没问我要。我只知道他姓吕。那天的一整天，我都很愉快，内心给一份友善的光芒照亮了的感觉。这种感觉真的特别好。在以后疲惫而绵长的日子里，有时突然想起这件事，内心仍然能感觉到那份友善的温度。

而终于，一年多过去之后，我有了自己的一辆车。虽不是尼桑，作为代步工具的话，已经很好了，我很满足。但我觉得最难的是泊车。那天，我在家门口倒车准备泊车，忽听车后有人惊呼，我急忙刹车。竟然是吕。这一年里，偶尔地，我看到过他一个人，或者他与妻子两人匆匆而过的身影。有时，迎面相遇，也只是点头微笑。

那天，我开口问他要了手机号，因为他答应陪我练一练泊车倒车。有意思的事情又发生了。第二天，我慌里慌张打他的手机，却是因为我在小区附近练车“挂”了一个人。而其实受害者是我，我被三个衣衫不整饥寒交迫的大男孩“讹”了一把。虽然事态不是很严重，但没有任何经验的我吓坏了，手边正好有他的手机号码，我只有请求他的援助。他像救星一样及时赶到了。然后，他像家里人一样，很沉着地帮我把一切事情搞定。还好有惊无险。而当时，当他真的出现在我的面前的时候，其实我已经像一片风中的树叶，差一点忍不住要哭出来了。

我说，你为什么会赶来帮我，你我可以说是素昧平生，而且你肯定知道这是件很麻烦的事情啊。他的微笑依旧明亮，说我们不是街坊吗。

蝴蝶夫人和蝴蝶君

爱情破产，心死了，身体必将也跟着死去。男人也好，女人也好，谁动了真情，谁付出最多，掏空了自己，最终都得死。不能不死，因为，他们的心已经死了。

著名歌剧《蝴蝶夫人》一直想看现场，我却没有如愿。买了一张DVD碟片，看了又看，那些美轮美奂的音符，是舞动的蝴蝶翅膀，晕得我不知今夕是何年。与著名三高之一的多明戈演对手戏的蝴蝶夫人，是一个高鼻子金头发的美女。我颇为疑惑的，不是一个西洋美人出演东瀛美人，好不好的问题，而是，蝴蝶夫人的死。

她必须死吗，一定要自杀吗？她不能不死？

却在更早的时候，无意中买过一张VCD双碟装的《蝴蝶君》。东方的尊龙，男扮女装，出演蝴蝶夫人，而蝴蝶君是一位60年代法国驻某发展中国家大使馆的文化参赞。出演者相当地有名气，是佛兰克·朗杰士，他有着非常忧伤的眼神，还有非常优雅的举止。他因为偶然地看了一场歌剧，就是《蝴蝶夫人》，被感动了。他似乎是被一股莫名的情绪扭结着，他跟踪了蝴蝶夫人的扮演者，在他看来是一个俊逸潇洒，又有点哀怨的美妇人。他当然没有想到，这位美妇人，是一位男子，还是一位受情报部门控制的特工。

被人民群众占领的四合院里，杂乱喧嚣，却有一个幽静的角落，迷离的宫灯，温暖的色调，秀发披肩、明眸皓齿、樱桃红唇的灯下美妇，偷窥的蝴蝶君，恍惚来到了冷战时代的一个世外桃源。他根本不知道这是一个给他下套的陷阱。

于是，蝴蝶夫人和蝴蝶君，惺惺相惜，刻骨相爱。蝴蝶夫人的一个眼神，一个翘起的兰花指，都让他陶醉。更何况，蝴蝶夫人奇特的造爱方式，她传授的怪异的东方房中术都让他为之倾倒，而没有察觉任何一丝破绽。于是，蝴蝶夫人旁敲侧击，情报源源不断地被输出。当然，这只是一部有点可笑的文艺片。

让我震惊的，是蝴蝶君的死。

蝴蝶夫人居然怀孕了。孩子的父亲当然是蝴蝶君。在一个月黑风高的冬夜，她抱着襁褓里的孩子找到法国参赞，让他惊鸿一瞥之后，又遽然消失在暗夜里。几年后，参赞被调回法国，失魂落魄的他，却在又一个深夜里，与蝴蝶夫人遭遇于巴黎街头。他当然不知道，蝴蝶夫人是跟踪而来，为了参赞的最后一点可利用的价值。夫人说，孩子被当局扣押，只有他的情报才能换回他们的孩子。于是，参赞情急之下，只有再次铤而走险。但是，他被捕了。

法庭上，当换回男装的蝴蝶夫人出庭时，他的惊愕可想而知。但是，佛兰克·朗杰士只是耸了耸肩膀。只有蝴蝶夫人能听到他内心的大厦轰然倒塌的巨响。因为，他们是真情互动，他爱他。他却只是爱她，一个想象中的蝴蝶夫人。在囚车上，蝴蝶夫人把自己的囚衣一件一件剥下，蝴蝶君第一次得以直面自己爱人的男性的身体，他却厌恶地转过头去。

蝴蝶夫人悲痛欲绝，因为，他是真的爱他。一个男人爱一个男人，他如此一次一次地陷爱人于不义，却只是为了能一次一次地与他相依。他只是被一只强大的手掌操控的一只玩偶。他能一次一次蒙混过关，骗过蝴蝶君，是因为，他的身份是假的，但他的情却是真的。

电影的最后一幕是，蝴蝶君在监狱里为囚犯表演歌剧《蝴蝶夫人》。他穿上和服，涂上白粉，抹上红唇，然后，他击碎一面镜子，在众目睽睽之下，割喉自杀。

蝴蝶夫人，死了。蝴蝶君，也死了。

为什么他们都得死？爱情破产，心死了，身体必将也跟着死去。男人也好，女人也好，谁动了真情，谁付出最多，掏空了自己，最终都得死。不能不死，因为，他们的心已经死了。

你错过了谁

他到了天堂里，就问上帝，你为什么不来救我呢，我可是你的信徒啊。上帝也很委屈，说我救了你三次，你都不肯上船，现在你还来怪我？

因为嫁不嫁人的问题，我每天都忧心忡忡，并且已经不大喜欢出门聚会。可去可不去的饭局推了不少，就是怕别人成双成对的，而我还是形单影只，寂寞的表情甚至已经停留在我的脸上。或许背影里也渗透了孤独的意味，因为有女朋友打来电话说，看你一个人远去的背影，我觉得你很寂寞，你怎么会落得这步田地呢？在北京耕耘了十年多了，在情感上怎么还是只开花，不结果呢？

每当此时，我就在心里自嘲，呵呵，他妈的，又要我检讨了。这样的提问，如果我认真回答的话，就像作检讨一样吃力难受。就好像在战场上颓败，被俘虏的士兵，还得一次一次地扛过严刑拷打，提审逼供。而其实，不用别人逼供，我自己就经常在冬夜的一个个不眠之夜，也这样满心疑虑，一遍又一遍地问自己，我，到底在哪一个环节上出了错，我到底错过了谁？

真有一天，我就像一个自虐狂那样，什么事情也不干，就坐在那里拿出一张白纸，填写我的爱情死亡报告。把与我交往过的，感情或深或浅的男友的名单列出来，却发现还记得名字与品貌的男子也就那么几个。更多的人，恍如过眼烟云，早就魂飞魄散。那么，反过来想，其实真正记得我的人，恐怕也没有几个人吧。或许，那时候，我和他也曾有微笑与玫瑰给予对方，也曾想为对方停留一世一生？

那么，究竟是什么，让我们的脚步飞快，匆匆告别，匆匆离散，融入茫茫人海之中，很快便无影无踪？可是，却有彼此完全不相干，只是泛泛之交的人，我会与他在北京的大街小巷，等公车或者过十字路口，N次地在同一个时间与地点，面对面地惊愕不已。如此频繁的巧遇，搞得我和他都有点不知所措。可是，我们却是完全不对路的人，我和他认识，是因为我们共同认识一个人。那个人却是爱我的。但是，却不在我的爱情死亡报告名单里，因为，我并没有同等的感情交付给他。

大概是世纪交替之时，有怀旧伤感情绪的人，远不止我一个。去年底和今年初，分别有两个不能算是我前男友的男子，辗转多少个环节后，重又联络上我。他们都兴奋地在电话里大呼小叫，而我只是被他们欢乐的情绪感染，也很愉快。因为，你即使不曾爱过他们，但被人爱过追过的感觉，也是很愉悦的啊。何况，通过电话，定下见面时间地点以后，我的心情颇为振奋。

我想，好好感觉一下吧，如果当初是我错过了他们，那么，现在是上帝又给了我一个弥补的机会了。我一定要珍惜，千万不可再像以前那样掉以轻心了。那我就死定了。

我提早半小时，等候在那里。他来了，居然穿着我们最后一次见面后分手时的那套西服，九年后看起来已经紧巴，不那么合体的西服。他捕捉到了我的反应，有点掩饰不住的得意之色，说，真心希望我们能够在原来的基础上继续往前走。

我笑笑。他还是没大的变化，从俊美的外表，到这些讨我喜欢的小伎俩。但我快乐的情绪没有持续半小时就完全消失了。甚至十分懊恼这次见面。因为，他告诉我，他已经结婚，有一个七岁的女儿。但他从来不曾爱过被他称作妻子的女人。如果，我愿意重续前缘，他愿意与妻子离婚。

在晚餐的最后十分钟，我告诉他我的最后想法。我说，第一，如果当初我没有选择你，那么，现在我凭什么再次选择你？第二，我发现当初我的感觉是对的。否则，现在被抛弃的，恐怕就是我和我的女儿了，不是吗？他居然也笑，你也没有什么变化，还是那么锋芒毕露，难怪嫁不出去呢。

走进依旧昏黑的夜色里，满心的喜悦已经荡然无存。有了这次前车之鉴，今年初，又一次类似的久别重逢，我就平静了许多。他小我四岁。是个喜欢满世界乱转的大男孩。七年过去了，他居然也是纤毫没变。他甚至记得我们每一次见面的细节，比如我常穿的那几身衣裙，我如何腼腆微笑的样子很南方，让北方长大的他，感觉我是如此的温婉、贤淑，等等。我无言以对，很奇怪面对这么纯情，甚至可以用一往情深来形容的男人，我为什么没有一点反应。在我眼里，他永远是快乐的，来去飘忽像风筝一样的男孩子。我不敢答应他什么，但，他再约我爬山什么的，我也会去。

我想起来有这么一则故事。说有个人笃信上帝。有一天，他所在的村庄发了滔天大水。他爬在一棵大树上，眼看着一艘一艘的船过去了。先后有三次，船上的好心人看他可怜，费尽力气靠过来，要救他上船，可他却都拒绝了。别人很奇怪，问他为什么。他说，上帝会派天使来救我的，我从懂事就开始信仰他，他一定不会弃我于不顾的。但是，没有多久，他就被更大的洪峰卷走了。他到了天堂里，就问上帝，你为什么不来救我呢，我可是你的信徒啊。上帝也很委屈，说我救了你三次，你都不肯上船，现在你还来怪我？

所以，交往还在继续，我没有勇气把也许是上帝最后一次派来的救命船赶走。但，其实，结局已然在七年以前就写好了。我是软弱如水的女人，一直想找一个山一样恒定的男人来依靠。而他却以为我是山，他怎么翻云覆雨的满世界地闹，我都会像母亲一样包容他的一切，包括饭来张口，衣来伸手。就因为我比他大四岁，这一切就是理所当然。我还记得，当他说深恶痛绝厨房，决不染指半步的时候，我的深切的悲哀。

我真是又庆幸，又悲哀。庆幸的是，我其实没有稍一疏忽就错过了谁。他们真的不适合我。我好像真的没有遇上过，所谓智性水准和内心风景都很接近的男子，只是因为我的疏忽而擦身而过了。检讨我的爱情死亡报告的每一位男子，与之交往的美妙的开头，或冗长或短暂的过程，以及黯淡的结尾，即使重新来过，我的选择恐怕还是照旧。

但不能不悲哀的是，我已经错过了时间。我错过了自己的花样年华，我错过了自己。

嫁一次，很难吗

我发现，他们竟然被家里的女人改造得旧貌换新颜，成为衣着整洁，眼神成熟的绅士，再不是我看不上的愣头愣脑的小青豆了。

近来，每天为自己嫁不出去发愁。身边的女友，单身的已经寥寥无几了。一只落单的小鸟，不能不恐慌，感到危机四伏。何况，女人最怕暮色苍茫。

所谓，美人迟暮。而真实的状态是，我已经只剩下三分颜色。曾经的豆蔻年华，百分之九十九的回头率，现在只剩下百分之一。我还怀疑这百分之一，其实是因为我穿了一件不大合体的名牌衣服的缘故，呵呵。唯有随时随地的自嘲，自我作践的调侃，成为我心理健康的维生素。

昨天，很久不见的阿芊给我电话说，她很苦闷。因为，她不怎么看得上，所以，有点犹豫不知道该不该交往下去的两个男友，一个爱上了她的一个女友，另一个也很快有了新欢。半年后，纷纷给她发了喜帖。而且，新娘也都有很不错的品貌。

难道是我没有眼光吗？阿芊苦恼地问我。呵呵，类似的问题，我也是经常面对。尤其是，前男友和别人结婚半年后，又在某个场合与我不期而遇。我发现，他们竟然被家里的女人改造得旧貌换新颜，成为衣着整洁，眼神成熟的绅士，再不是我看不上的愣头愣脑的小青豆了。

记得幼稚园里有个残酷的游戏，12个小朋友，在场子中央转圈，老师的哨子一停，立即疯狂地去抢座位。因为，座位只有11个。没抢到座位的小朋友就无情地被踢出局外。接着，老师的哨子又响起来，11个小朋友又旋转起来。大家的心里非常恐慌地等老师的哨子停。

因为，已经只有10把椅子了。每次都注定有一个人要被踢出局外。还记得我每次玩的时候，心里都好紧张好紧张，担心出局的恐惧与侥幸抢到座位的喜悦，交织在心尖，越到最后越激烈。那个坚持到最后的小朋友，经过了11轮的拼杀之后，大汗淋漓，心力交瘁。一个大苹果或者一块巧克力的奖品，他或许很快消灭掉，但恐惧与喜悦的体验会在记忆深处埋藏很久。

我不记得，我有坚持到最后，终于占据那最后一张椅子的光荣史。记忆里只有旋转啊旋转，不停地旋转的恐惧。以后，我坐公车从来不与人争抢座位。只要有人争，我眼睛都不眨地，就地忍让。如此毫无斗志的个性，曾让母亲深为忧虑。她认为，我长大了会没有饭吃。因为，现在是粥少僧多的时代，每个职位都至少有一打的人在抢夺。即使你侥幸坐下了，也不能保证你就能坐多久，因为，仍有很多人在窥视你的位置。你稍有不慎，这张椅子就被人从底下抽走了。

不过，母亲的忧虑偏了方向。我到北京后，虽然时常变换职位，总还是东边不亮西边亮，米缸每天还是满满的。但她却不知道，我生命的椅子的另一半，一直是空的。他倏忽来倏忽去，总在我稍微不经意的片刻，就被其他女人抢走了。而我，也只是耸耸肩，很潇洒地说，旧的不去，新的不来。坏的不出门，好的不进门。呵呵。偶而，也有回头的男子真心忏悔，却被我好一阵的奚落，难堪得只有落荒而逃。

没有椅子坐的阿芊每天都很委屈地想掉泪。她是圈子里数一数二的美女，家境也很好，所以，心就比一般的女子高很多。她说，我也只是有点犹豫，并没有提出分手。我其实是希望他们能来追追我，哄哄我，让我的心被感动了，事情也就成了。

谁知道他们，一个比一个贼，比猴溜的还快呢。没有一个男人肯下点功夫。见面三次，他们看我目光游离，抽身就走，头也不回。男人能骄傲什么呢，不就是骄傲他们的选择余地宽吗。就曾有一个被阿芊贬过的男人说，你有什么资格可以在我面前如此傲慢呢，我要是不娶你，再过几年你就老了。我呢，却能找一个大学刚毕业的小女生谈婚论嫁，所以，你不急，我着什么急。如此出言不逊的男人，当然被阿芊恨之入骨。但你能说，他说的就不是真理吗？

所以，今天的我和阿芊啼笑皆非，经常被问及的一个问题是，哎呀，你们俩怎么到现在还是孤家寡人，嫁一次，很难吗？

和谁一起玩

即使你忍辱负重地坚守游戏规则，这个游戏恐怕也玩不了太久。因为他既然背着妻儿和你偷偷地玩，也就能背着你和更多的女人偷欢。

近来寂寞的感觉一日比一日深刻，没有玩伴的人生，真的是很孤独，很无聊的。仔细想来，其实，人终其一生，寻寻觅觅，不就是想找到一个能玩到一起，还能玩得开心，玩得畅快的玩伴吗。

手牵手，心贴心，背靠背的玩伴，能给你带来安全感。智力水准和内心风景相当的玩伴，能让你玩出水平。性格互补，还能互动，会让游戏玩得更加精彩。所谓琴瑟和谐的境界，大概就是如此的吧。

可惜，从孩提三岁起，就开始进入实习阶段的过家家游戏，我到现在也没有玩到家，还在无期限地等待，不知道什么时候，才能进入实质性的阶段。特别眼热周边人三口之家的美满，两个贴心的人玩在一起，玩得兴高采烈，还能玩出一个小把戏——小小孩出来，真是玩得很尽兴，玩得很正点。

尽管我也知道，一个好的玩伴的获得，是近乎于买体育彩票，中奖概率是万万分之一。但是，每到周末，形单影只的孤独，还是让我黯然神伤。经常是摊开电话本，一页一页翻下去，就是找不到一个可以玩在一起的人。不要说是找一个一起过家家的玩伴，就是想找个说说话，坐一坐，畅快舒服地喝一盅茶的玩伴，也很难得。

先说异性玩伴。名草有主的男人，你要跟他玩，其实是你只能被动地陪他玩。时时刻刻要遵守他的游戏规则。比如，到点了，他要回家去。节假日，你只好对他望洋兴叹，看着他陪另一个女人和孩子玩。而且，即使你忍辱负重地坚守游戏规则，这个游戏恐怕也玩不了太久。因为他既然背着妻儿和你偷偷地玩，也就能背着你和更多的女人偷欢。

再说，单身族群里的男子，他们中间，被别的女人挑剩下的烂苹果居多，好苹果也有。就是俗称钻石王老五的那种。他们可都是游戏场上的高手，情场上的老手。你要与他们玩，就要有充分的心理准备，马失前蹄的时候，千万不要过分悲伤。

而不优秀的烂苹果，你与他们或许根本玩不起来。勉强玩一局两局，还能坚持。万一对方认为你是他的最佳玩伴，追杀你，要求与你白头偕老地玩，你除了恐慌奔逃之外，还有满腔的委屈。因为，早就有人说过，要看一个女人的品位如何，就看看她身边的男人是什么样子的就行了。呵呵。

很多人觉得异性玩伴比较难得，其实同性的玩伴，一样的可遇不可求。俺不是同性恋取向的人，但是，你看看全世界的同性恋与异性恋的比例，你就知道了。同性之间的游戏，玩得到位的更是凤毛麟角。

我相信，全世界有玩伴的人，他们的幸福是共通的。我还相信，全世界孤独的，没有玩伴的单身的女人，她们的不幸福也是共通的。我曾经连续三年的中秋节，都和另两个单身的小女子在一起度过。最后，大家一致达成的共识是，以后任何时候见面也不要在节假日扎堆。

因为，或许我们还能承受一个人

寂寞的滋味，却难以承受三个女人的寂寞扎染到一块的沉重与怪诞。就像我们无法消化因为情感超级饥饿而大快朵颐，最后淤积在体内的大面积脂肪。就像我们结伴去商场抢购回来的一堆衣服，塞到衣柜的最深处，快一年了，也懒得翻出来穿。

变通的方法是，我有意识地找有丈夫有孩子的女友一起玩。我想，她们的美满生活无限阳光，一定分几缕彩云给我。开头几次，还算开心地玩在一起。可是，渐行渐远，我也不爱跟她们玩了。因为，她们碗满钵满的幸福与我的独守空房的不幸福，两相对比，两者越发地真实，真实得让我不能承受。

还因为，每次话过三巡之后，我几乎就没有发言权。她们语重心长，甚至情深意切地教导你，与男人交往不要这样，要那样。呵呵，尽管她们字斟句酌地，但是，她们言语里掩饰不住的优越感，却是迎面而来。当然，她们是过来人，结了婚，生过了孩子，自然是有见识的资深女人了。我要开口，就只有自我检讨。

满心忧伤地回家，一个人待着的时候，还是不由得长吁短叹，满腔肺腑都是说不出来的挫败感。真不知道，还能和谁玩。

要不要领养一个孩子

每一个小孩都是可怕的双面怪兽。他吸收的阳光多一点，他就有可能是神。而接受的黑暗多了一点，他毫无疑问就会成为贼。要做一个小孩的守夜人，任重而道远，我的能量肯定是远远不够的。

韩剧看多了，经常因一个细节难过。单身女人，或者没有孩子的女人的家门口，突然就会天上掉馅饼，一个哇哇大哭，嗷嗷待哺的婴孩被裹在小棉被里，或者被放在篮子里。或许，孩子的衣兜里还有一张小纸条，写着孩子的生辰什么的。于是，剧中的女人被动而幸福地成为这个孩子的母亲。搞得我，那一段时间早晨开门的时候，小心翼翼地，怕真有一个小婴孩，等在我的家门口，被我怠慢了。

甚至在女友聚会的时候，也会讨论要不要领养一个孩子的问题。因单身，或者结婚多年没有生养孩子的女友，圈子里也有好几个。讨论热烈，要，还是不要？意见双方都有上百条理由，但最后总是不了了之。午夜梦醒时分，我一个人在空屋子里徘徊，或者看到邻家的婴孩胖乎乎的笑脸，忽儿忽儿地一天天长大，心里是痒痒的，艳羡的。要不要领养一个孩子的念头就又像水波上的皮球，摁下去，又冒了出来。

但我知道，我终究是不会去领养一个孩子的。因为，我不够资格。我没有与之相当的能量，我承担不起另一个生命的重量。换句话说，如果我现在因为爱也好，或者因为寂寞也好，与男人纠缠，突然发现自己怀了孩子，我会很高兴自己还有做妈妈的机会。二话不说，生吧，生个歪瓜裂枣什么的，也心甘情愿。因为，好好歹歹都是我的命，也是他的命。所谓相依为命。命定的东西，我们还是不要抗拒的好。

但是，别人的孩子，如果我不领养他，或许就会有更多能量的他人领养。他也许原本有更加高远的起点，有更加宏大的未来，却因为我某一瞬间的妇人之仁，被活生生耽搁了。替他想想，他多冤啊。

而从我这方面来说，我原本是想要个陪伴，是因为一己的自私的需要而领养的孩子。可是，谁都知道，一个生命的成长，漫漫长征路，会有多少不确定因素在等着我，也等着他呢。

别人的孩子，基因好不好，个性与我合不合，都是问题。我每天在小区里散步，看到的一拨一拨孩子，五官长得好不好，神态聪明还是愚钝，父母即使不在场，我也可以大致揣测出他的父母是何等人物。反过来，父母在场的，我一眼二眼之下，即可知道这个孩子若干年后，会有何等或平淡或辉煌的人生。我不由得经常感慨万分。如今在同一个苗圃旁玩沙子的小孩，若干年后，他们会有多么不平等的各色未来。

如果落在我手心的是一颗良种，却因为我的投资不够，不能长成参天的大树，他有多冤啊。如果掉在我手心的是一颗坏种，却因为我的能量不够，不能成为有用的人才，我有多冤啊。

如果是我自己的孩子，我有一碗饭，我会给他留大半碗。他的成长所需要的关爱乃至金钱，我都会倾囊而出，甚至银行贷款，透支支付。但如果是领养的孩子，待他宽如朋友，而不会亲如骨肉。我的每一分的付出，潜意识里都希望有一天得到等价的反馈。

我不愿说我是一个多么自私的人。但是，问题在于，我又是一个绝对良善的人，当我不能倾囊而出的时候，面对无助的孩子的无助的眼神，面对一个除了我，再没有更亲的人的，一个呼吸着的生灵，我如果不能付出我的所有，我又会内疚，自责的蚂蚁会咬我一生。我哪里还有安宁，还有幸福可言呢。

仔细推敲我的内心历程，生命的成长是多么艰难，多么匪夷所思啊。尤其在残酷青春的那几年，我不敢说我是恨父母的，但至少对父母是有抱怨的。我甚至在读到冰心的《致小读者》的时候，悄悄地流泪。还在作文里公然宣称，我要是有冰心那样的父母该有多好。我至少会得到冰心一半的幸福，一半的娇宠。其实，现在想来，父母待我不薄，我想要的，而他们没有给我的，是因为，他们没有，而不是不给。

做如是想，是因为，他们毫无疑问是我的亲生父母，我愿意以最大的善意之心去为他们的行为寻找一个出口。可是，如果我只是他们领养的孩子，我想，我会因为他们的没有竭尽所能而以怨恨之心相对，直至某一方生命的的终结。

每一个小孩都是可怕的双面怪兽。他吸收的阳光多一点，他就有可能是神。而接受的黑暗多了一点，他毫无疑问就会成为贼。要做一个小孩的守夜人，任重而道远，我的能量肯定是远远不够的。

还有一个问题，我领养他，是为了自己不寂寞。可是，长大成人之后，如果他有出息，他当然会出门远行，开始他自己的人生。他领我多少情，且不去多说，到头来，我还是孤苦无依，我怎么办呢。如果他没有出息，日日蜷缩在小屋子里生闷气，抱怨我不能给他一个神通广大的父亲，我是不是要日日气极晕倒了事？

何况，韩剧里，还经常有生身父母半路杀回来，问养父母索要孩子。血浓于水，你想不给，又如何做得到？留得住人，未必留得住心。呵呵，有百忧而无一利，不确定因素太多的事情，我想，我还是不要去做的好。

人人都有一本难念的经

想要平安，健康，快乐，圆满地度过此生，是一种生命的奇迹。快乐是一份奢侈的消费欲望。

近来，与人聚会的场合，我都得到称赞。大概是因为我刻意穿得鲜亮了一点，脸上的微笑浓了一点。可是，他们哪里知道，我每每有意识地打扮自己，往往就是我心态抑郁时的表现。平时，如果有春风拂面，我还需要描眉画唇地修饰自己吗。我可是更喜欢别人说我天生丽质呢。

但是，当人人都说我心态好，他们奇怪的表情，佩服我的眼神，使我渐渐疑惑。有一天，我独坐家中的时候，就开始郁闷。难道我的心态不好，才是更正常的吗？那么，在常人看来，我难道活得很糟糕吗？

作为一个自然人，我品貌端庄，却孤苦无依，无夫无后；作为一个社会人，我以码字为生，辛苦耕耘，却也没有多少运气，在文坛上争得一席之地，只是勉强卖字糊口而已。难道如此这般，我就应该天天以泪洗面不成？

或许我多少有点阿Q的自嘲精神，里里外外审视自己，我却经常感觉到我的庸常平淡的生活，也有那么多的喜悦，那么多的快乐。说我无夫无后，为什么不说我无累一身轻，没有相夫教子的疲累，不用看谁的脸色，每天没有非得做的一日三餐，也没有那么多的碗要洗。我只做自己喜欢的事情。自己挣钱自己花，米缸是满满的，不用发愁没米下锅。住在自己的房子里，也没有哪一天要被扫地出门的恐惧。因为没有物质的负累，也没有精神的压力，我身轻如燕，每天睡到自然醒，窗外的鸟鸣引我微笑，我很自然地就唱出歌来了。

当然，我不开心的时候也很多。但我不快乐，不是因为我没有什么，而是和大多数人一样，担心生命的无常，担心世道人心一天天变坏，恐惧好日子的不能长久。往远的说，美国人遭遇的9·11，俄罗斯300多小孩的厄运，平民的斑斑血迹还没有干，雅加达又硝烟弥漫。落单的燕子对外面世界的感知是更加敏感的，我的忧心忡忡至少和CCTV的水均益一样沉重。我怎么老觉得水均益这几年老得飞快，后来仔细一想，肯定与他每天的国际报道有关。枪林弹雨之中，谁能无忧？

再说近的吧。圈子里的女友，时常联络，经常聚会的女友也有十多个。近来，走的走，散的散，留下的几个，大家见面的频率也越来越低，难得有松快的好心情。

新婚一年的小梅，是某保险公司的经理级职员，她的老公有一天忘了带钥匙，爬窗户到五楼，突然脚下一松，掉了下去。小梅伤心欲绝，回了南方故乡，再也不想回来了。

一年前嫁到美国的小茗，是圈内的美女，新近听说她离婚了。却在昨天，与她关系比较密的小霞打电话来，非常压抑地说，小茗车祸，已经永远地走了。她们几个同班同学准备到她的家里，看望白发的老父老母。

而我最亲密的女友之一，小艾，前不久，她满面憔悴来回奔波于京鲁线上，她在济南大学做教授的妹妹病了。病得很重，她说，恐怕日子是过一天少一天了。

与我住同一社区的美女小榄，很久没有见她了。有一天她突然告诉我说，她重又回归单身租公寓的生活，她的美轮美奂的房子，三年前，与我同时装修的，如今已经换了主人了。

我一直眼热的小芳，是干得好也嫁得好的小女人，开的是宝马，居然连她也不开心，说婆婆老跟她过不去，婆媳关系紧张到她整晚上都失眠。

还有阿绿的老公在搞婚外情，阿绿每天逼问她的八岁的小女孩，是跟妈妈走，还是跟爸爸住，闹了快半年，再这样下去，她一家三口人都要疯掉了。

人人都不开心。人人都有难念的经，满腔的委屈。所以，你想不开心，你只需每天翻开报纸，全世界不开心的信息爆炸开来，会让你窒息。但是，如果你想开心，却是需要内心所有的能量全力以赴来支撑的。想要平安，健康，快乐，圆满地度过此生，是一种生命的奇迹。快乐是一份奢侈的消费欲望。这么说来，我这个原本有一屋子理由不开心的人，如果每天看起来似乎很开心，确实有点像一个没心没肺的智障儿。

呵呵。傻就傻吧，如果所有不开心的事情，都不能幸免，那么，在恐怖分子的炸弹还没有投到我家的屋顶之前，让我们能快乐，就快乐吧。

老了以后怎么办

离婚不久的张曼玉在回答记者的提问时说，原也打算要个孩子的，可是，现在很庆幸呢。假如我的孩子也遭遇俄罗斯小孩的恐怖主义厄运，我怎么活？

曾经应邀参加一家电台的午夜谈话节目，谈的是单身女人的光荣与梦想。最后三分钟，主持人小心翼翼地问了一个她认为是最不能问的尖端问题。她说，你有没有想过，当你70岁，老了以后怎么办？

她的话音未落，我几乎是因为快乐笑出了声。她很意外地看着我，认定我是没心没肺的那种。我说，十分谢谢你，你比我乐观太多。假如我能胜利地活到70岁，我还担心什么呢？寂寞，病痛，乃至死亡，是任何一个肉身凡胎的必经之路。富贵之身也好，贫寒之人也好，单身也好，双身也好，只有面对衰老与死亡的时候，所有的人归于平等。

如果我能扛到70岁，那就说明我的心和身，神经与肌体系统都是超强的，都是经过了岁月与风雨的检验的。如果我能够活到70岁，当然就有信心活到80岁，100岁。活到所有的生日都令我自己惊奇不已：我究竟什么时候才能死？

我担心的问题不是老了以后怎么办，而是我如何才能平安、快乐地老到70岁了，还能继续老下去。

这是一个不安全的年代，我们又处在一个不安全的城市。首先，这个城市的空气是有毒的。记得刚到北京读书的那一年，美学课的教授是一位风韵犹存的美妇人。据说在业内，她的美貌，与她的口才，以及抽烟的优雅与凶猛，是她颇有名气的三大理由。只是她每次抽烟都不自觉地告诉我们，在京城生活的人，废气污染等等原因，空气质量是堪忧的。不抽烟也等于每天被动抽了两包烟，因此，不抽，白不抽。所以，班上的男生几乎是人人为之，而女生也几乎人手一烟，尤其是上她的课的时候。我唯一的一段抽烟史就缘于此。一年后，课时完成，我们不再见到她，很多人的烟瘾竟也奇迹般的消退了，包括我也是。

在这里赘述这一段，是为了说明，当初我毅然决然选择这个城市生活打拼，我就已经做了自己或许不会很长寿的最坏打算。就因为这个美妇人吞吐的烟雾，传达出的忧虑与无奈，曾经是多么深切地打动了我。当你一呼一吸之间都有危险的时候，你对自己的肉身的健康还能乐观吗？

其次，这个时代的不安全还体现在饮食上。纯天然的农产品，是有毒的。玉米是含铅的，是因为它和人的肺一样呼吸在同一个大环境里。胡萝卜是有毒的，根菌食物大都有超量的化肥残留。韭菜与油菜几乎是不能吃的，因为它们是所有叶类蔬菜里残留的农药最多的两种。韭菜几乎就是在剧毒的药水里沤出来的。

而加工过的食品几乎是普遍与绿色食品无缘。CCTV每周质量报告，如果你每周必看的话，你就不大想活了。因为知道自己怎么挣扎，反正也活不了太久，人类简直是在慢性自杀啊。有一天，我因为无聊，打开了电视，竟然就看到了暗访的记者用暗藏的DV拍下来的酱油的制造过程。我那天恰巧炒了一盆洋葱鸡蛋，放了一点酱油的。当即，差点呕吐，急忙去厨房看我用的酱油的品牌。还是不能放心，因为别人告诉我，越是名牌的东西有时候安全性越差，因为很可能被盗版了。于是，剩下的半盘菜被我毫不犹豫倒进了垃圾筒。后来与朋友们聊起，那天如此神经质的人不止我一个。那么，推算一下的话，那天，全中国开着电视的餐桌上有多少人想呕吐呢，以CCTV的影响力，不难假设。

甚至有一本有影响力的中文杂志，做了一期专题，就叫《危险的餐桌》。网络上广为流传的一篇文章叫《我们还能活多久》。从它们那里，我知道粉丝是有毒的，果脯是有毒的，我酷爱吃的可爱的小蘑菇，竟是用有毒的水泡过的。瓜子也是漂白过的。虾米是被染色的。呵呵。恐怖的世界啊，我们的神经要多坚强，我们的身体要多强壮，才能不一天天地未老先衰？

所以，有一段时间，我竟不敢吃任何不是经过自己的手做出来的食品，外出的每一天只吃一大捧的维他命和一大瓶的水来维持营养。可是，有一位朋友存心不想让我活了，他说，你怎么知道这一片片药剂里就没有危险呢，是药就有三分毒啊。何况，任何保健品在加工过程中，都必须有添加剂才能做成产品。我在保健品行业待过好几年，你看我吃过什么保健品了没有？再说了，你以为你喝的水，就没有污染吗。

天哪，我差点真的就晕倒了。以后，痛定思痛之后，我就只好返璞归真，什么都吃，这叫以毒攻毒。让所有的化学品在我体内互相消解吧，让我吞噬了有毒之物后的有毒身体去抵抗外来的有毒的空气和水吧。什么叫做荒诞，什么叫做后现代，这些我在文学课堂上怎么也搞不明白的词汇，终于在生活的大课堂里，彻底地懂了，明白了。呵呵。

还要赘述下去吗。我有一次在记者沙龙里听课，主讲人说，女人尤其要小心。某某化妆品是高温200度以上合成的，根本是有毒的。女性内衣以及很多女性用品也是不环保的。比如，我身上这件T恤衫是出差法国的时候买的，价值人民币一千多元。与肌肤直接接触的衣服，我只穿进口的。呵呵，我两眼发黑。不用去想，我知道自己的衣柜里没有一件衣服是超过500元的。50元的地摊货却很多。就是说，我在京城辛苦打拼十年，生活的水准根本谈不上，其实不过是在死亡线上挣扎呢。

怎么办呢，还活不活？衣食住行，时时处处，危机四伏。周边的母亲们比我有更多的忧虑，因为她们还要担心自己的小宝宝，每天吃的香蕉是不是被人架在硫磺暖炉上熏出来的。宝宝每日必喝的牛奶，是不是也有毒?

且不说硝烟不散的国际大环境了。离婚不久的张曼玉在回答记者的提问时说，原也打算要个孩子的，可是，现在很庆幸呢。假如我的孩子也遭遇俄罗斯小孩的恐怖主义厄运，我怎么活?

所以，与生的恐惧相比，老的恐惧又算得了什么呢。怕生的痛苦，怕死得冤枉，就是不怕一天天老去。老是我的福气呢。70岁以上的老人是这个时代的幸存者，假如我能活到70岁，即使只是孤孤单单一个人，也要像地坛公园里的老松树那样，每天迎风鹤立，大笑三声来庆幸自己的劫后余生。呵呵。

人人都是100分

似水流年，每个人的人生都是一次性地走过。选择了向左走，你就注定看不见右边的风景。选择了向右走，你就有可能不会取得你今天的成就。

在北京独自行走已经十年有余了。个中的辛苦，所谓的酸甜苦辣，不足与外人道也。因为，如非亲历亲为，别人很难感同身受。

其中最大的痛苦，莫过于无边的寂寞。一个人的冬天，一年比一年冷的滋味，真是不说也罢。那种浸透肌肤，渐入骨髓的凉意，经常让我自怨自艾，看不见万物生长，只看见地老天荒。

其实，凭心而论，十年在京城，我是年年在进步的。物质和精神的积累，一步一步趋于饱满。我给自己的小天地安上了门窗，出门安上了四轮，眼光，胸怀，也都在提升，在宽广。生活水准和我的智力水准，同时呈上扬的姿态。

可是，我却经常瞻前顾后，患得患失得让自己惶惶不可终日。

比如，假如我十年前，没有觊觎京城的繁华，固守在南方那座小城里，我当然会有一份薪资不丰厚却旱涝无缺的固定工作，一个也许平庸却心心相印的老公，一个未必是神童却聪明健康的孩子。总好比，我现在的孤家寡人，一个人的日子一个人过，要强吧。

可是，当初，为什么我一想到自己有可能在那个方寸之地，想象自己是一棵大白菜那样生于斯，老于斯，最终死于斯，就两眼发黑，最终义无返顾地，只身跑到举目无亲的京城来流浪呢？

再比如，假如六年前，我没有不甘忍受那个留学工作在日本的北方大男子，而是忍辱负重地嫁给了他，那么，我现在虽然未必事事称心，却已经是两到三个孩子的母亲，见证自己的孩子的茁壮成长，是多么人性，多么快乐的一件事情啊。

可是，当初，为什么我一想到我要像日本女人那样，每天无事三鞠躬，把腰弯得像虾米，因为被老公眷养，时时处处要看大男子老公的脸色，我就不寒而栗，两眼发黑，感觉前途渺茫呢?

再再比如，眼下，我就有两个潜在的求婚者。只要我愿意，选择其一，年底就能把婚给结了。但是，我真的不喜欢他们。即使是在夜凉如水的状况下，我也是一想到有可能与他们结下百年婚约，我就已经不想早早起床勤奋工作了。因为，守着一个自己不喜欢的男人，却还要恪守妇道，为他端茶送水，洗衣做饭，我就觉得自己简直是在自虐。两眼还是要发黑，双腿还是要发软，再没有前行的动力。呵呵。

为什么我总是觉着别人的饭桌上的菜，喷喷香呢。每次，我去饭馆吃饭，总是不争气地觊觎别人的饭桌，然后对侍应生说，照那样来一份吧。最后自然失望的时候居多，留下大半没有动过的菜，带走满肚子的郁闷。呵呵，今天真是好失败，好悲惨，没吃饱，还多花钱。真弱智呢。

为什么我总是站在这山，看着那山高呢？如果我能好好地享受此时此刻呢，好好享受属于我的这一份安宁与圆满呢，我是不是就会快乐很多？似水流年，每个人的人生都是一次性地走过。选择了向左走，你就注定看不见右边的风景。选择了向右走，你就有可能不会取得你今天的成就。

当初，我要了小城市的安全，我就不可能知道外面的世界到底有多无奈，也有多精彩。

当初，我要是嫁给了日本老公，我就不可能知道自己作为一个独立女子的潜力，自己赚钱自己花的潇洒与快意，我又怎么能体会到个中的无尽滋味呢？

而眼下，我要是草草结婚，我真的是怕自己在发疯，一年后，或者两年后，身心憔悴地成为一个离婚女人，就一定比我现在要好吗？

所以，我愿意相信人人都是100分的现实主义理论。试着来莲花静坐三分钟，微敛双目，双手合十，倾听自己的血在稳稳循环，心在脉脉跳动，我是我自己的王。现在的你，是你自己多年辛苦努力，造就成全的，好好享受你自己，好好欣赏你自己，你就是一个圆圆满满的100分。你说了就算。

一个人的幸福时光

怕就怕，很多的女人，单身的时候，抱怨单身的种种不如意之处，而结婚了，却又在憎恨婚姻带给她的无尽的烦恼。

就像很多人开始选择素食一样，很多的人，有女人也有男人，正在幸福地独居。

这已经是世界不可逆转的潮流之一。

其实，一个人的日子是一种经常性的常态。

有的人生来喜欢独居，而有的人则更喜欢群居。喜欢独居的人，单身自然是她的主动状态。她因此而感觉幸福。

但更多的人是被动地单身。她一直在等待一个心仪的人的出现。或者她刚刚结束了一场不快乐的婚姻，正在等待下一次的角逐。或者她的另一半因为种种不能克服的原因，远涉重洋，身处异地他乡。再或者，天灾人祸，生老病死，总之，人生不如意事常八九，相爱未必就能相守。生离死别，分多聚少，使得一个人的日子成为经常性的常态。

有资料说，今日在美国，年纪在18岁以上的女人大部分是单身的：20%的女人从未结婚，33%已经离婚或者寡居。大多数的女人已婚的时间都不及她们成年时间的一半。假如，有一位女性活到70岁，结婚两次，每次各10年，那么，她已婚的总年数只有20年。换言之，她在成年后32年是单身的。

所以，如何营造一个人的日子，让快乐的感觉每一天每一分都陪伴着你，环绕着你，与幸福永远保持零距离，是一门必修的人生功课。

台湾女作家简媜说得好：当你单身的时候，不妨尽量快乐地享受单身的种种好处；而如果有一天你结婚了，那你就充分地享受婚姻的快乐吧。怕就怕，很多的女人，单身的时候，抱怨单身的种种不如意之处，而结婚了，却又在憎恨婚姻带给她的无尽的烦恼。

呵呵，这样的女人，一个人的日子过不好，两个人的日子更糟。

而事实上是，如果一个女人能够把一个人的日子营造得有声有色，活色生香。那么，有一天两人世界来临，她会经营得更好。

除非你天生地喜欢离群索居，否则，结婚永远是一个女人的最高理想。当这个最高理想还没有如约而至的时候，我们也要由衷地微笑，从容地打造幸福生活的每一天。

而其实以我个人的感觉，两个人的幸福，就像是天上飞过的鸟，不可遇，也不可求。不太好把握。而一个人的幸福，就像是一只已经被我捧在手心里的小鸟。我已经触摸到它温暖的羽毛。精心照料，总还是可以让小鸟唱出美妙的音节。

两个人的美满，享的是人间的洪福。一个人的美满，享的是人间的清福。

人生不能避免的琐琐碎碎，如果是两个人纠缠，立即翻了两倍还多。如果是一个人独步，立马简约了一半。

所以，如果此生享用不到洪福，那么，退而求其次，享享清福也是好的。

洪福，清福，有福，就好。

爱情出没的中秋节

睡梦里，我梦见一个大大圆圆的月亮，彩色的，大南瓜一样的月亮，就高高挂在我的窗棂上。

昨夜漫天星辰闪烁，我就以为今天十五的中秋节，一定是阳光明媚。

不料，清晨推窗，云雾蔼蔼。

但我不肯失望。我想八九点钟的时候，太阳就会破雾而出的。如常换了运动装，下楼去慢跑，再快跑，又做一套从瑜珈与太极里抽取，随意搭配组合在一起的健身操。

等了又等，但是，太阳还是没有露脸。

我上楼，屋子里是暗淡的。开灯，没有亮。心情就是一紧又一惊，赶紧去看电表，是0度。呵呵，老天为什么非要在今天给我这么一个惊悚呢。大过节的。不过，还好，想想是在白天，银行是上班的。如果是今天晚上我从外面回家，屋里一片昏黑，岂不惨淡？这么一想，就很满意，觉得这个电表还是聪明体贴主人的。

赶紧去银行买足了电，电饭锅里煮了一半的五谷杂粮粥，已经飘出了浓郁的香甜味。我安坐在一旁，在这沁人的粥香里让自己悄然沉醉。刚才所承受的惊悚，就这么从身体里一点一点地挤了出去。一边就想着，晚上的中秋聚会，我柜子里的衣裙哪一套比较鲜亮呢。

下午，两点的时候，小雨飘忽。

我还是不肯失望。我在等太阳。假如云层都化作了雨丝，那么，太阳就快出来了。

果然，三点的时候，美好的阳光已经勇敢地透过薄云，照在我的身上、脸上，被欢天喜地的我捧在手心里。我驱车上了高速公路，一小时以后，我就已经站在了那家喜气洋洋的中餐馆的门口。

等候中的另外三个单身女人还在路上。我抓紧时间，把嚷嚷了一天的手机短信调出来，一一回复。那么多的温情，平时大家都舍不得说的深情厚意，都没有机会表现的聪明才智，就这么把我轰炸了。读短信，真是好开心。

背着大提琴的璐璐，到了。好久没见，她神采飞扬。我们交换礼物，再交换快乐的好心情。她很谨慎地问我，最近爱情如何？我摇头，还在天上呢。她犹豫了一下，终于守不住满心的欢喜，说，我有男友了呢。

呵呵。前不久还听说她在酗酒，因为不开心的事情在很厉害地酗酒，我们还说要规劝规劝她呢。哪知，她像一只快乐的小鸟，已经在爱情的巅峰上舞蹈了呢。她的新男友是一位爱尔兰人，很高大，很绅士，很体贴，也多金。她的爱情新体验是安静、甜美，以及有长长远远的未来感。她说，从来没有过如此静美的感觉，真的是非常的好。

一袭红裙的美丽的小夏也到了。接着是阿蓉。阿蓉也有爱情呢，她的爱情宛如她带来的美味纯正的瑞典巧克力。呵呵，四个单身女人，两个已经中了爱情大奖，我们还能抱怨什么吗？于是，干杯，再干杯。

20，30，40。我们不在一个年龄层上，我们有各自的希望与忧伤。20多岁的单身女子，有太多的希望和无限的可能性，却也有着同样重量的担忧，因为未来的不确定性。人生是个变数，有的，会失去。失去的，却会再次拥有。但我们输得起。

30多岁的单身女子，已经明白爱情的好歹，懂得感情的取舍，已经知道女人的心和男人的心一样是易碎品，于是，我们矜持着下一步，再不能走错，再不能错过。

40多岁的单身女子，历练沉稳，从容淡定，因为拒绝了太多的爱情而单身，却并不后悔。因为心里还有梦。在梦还不曾实现的时候，我们手心里还有一份事业的成就感，想想也挺美。爱自己，永远不会太多。靠自己，永远也不会靠不住。

璐璐先走了，她是一只快乐的爱情鸟，急切地飞向她的爱巢。我把小夏、阿蓉送回家，临别相约，大家好好过，不能不优秀。然后，我又驱车上了高速回家。刚进家门，手机又叫了。是阿峰小夫妻，他们在后海边上溜达他们漂亮的狮子狗。他们说，中秋节快乐。他们装修的新房子已经完成，约我有空去玩。他们是我的圈子里，爱情圆满的又一个例证。

我快乐。在这个中秋节，爱情出没，爱情游荡。

我快乐。因为，爱情就在隔壁，相信爱情，相信奇迹正在发生。

睡梦里，我梦见一个大大圆圆的月亮，彩色的，大南瓜一样的月亮，就高高挂在我的窗棂上。电话铃又响了，固执地响了又响，我睡意朦胧，就没有去接。

却是想，他，会是我期待的意中人吗？

后记

留得残荷听雨声

儿时读《红楼梦》第40回，贾母、宝玉、黛玉等人秋游大观园，船行荇叶渚。宝玉说，这些破荷叶可恨，怎么还不叫人来拔去。林妹妹在一边不乐意了。她说，我最不喜欢李义山的诗，只喜他这一句，“留得残荷听雨声”，偏你们又不留着残荷了。宝玉赶紧讨好说，果然好句，以后咱们就别叫人拔去了。

其实，这句诗也已经被林妹妹私自改过了。原文是“留得枯荷听雨声”。

那时的我，并不觉得残荷是美的。但既然是林妹妹说好，我也就仔细地，隆重地，去体会其中的美妙。呵呵。后来，书多读了几本，路也多走了几步，心情也多了一点层次，果然就觉得其美。由此可见《红楼梦》对我的影响。

而印象更深刻的，不是那一池残荷，而是哥哥妹妹的两性关系。《红楼梦》里几乎没有一个好男人。即使对林妹妹情深意切的宝玉，嚷嚷着要把心挖出来以表明心迹的他，也不是只爱林妹妹一个人。他被宝姐姐的丰腴吸引，对晴雯钟情，与袭人则有床第私情。等等。如今，宝玉成了多情公子的代名词。《红楼梦》里其他男人，就不值一提了。尤三姐倾心相爱，不惜杀身成仁，向之表达爱情的，那个柳二郎柳湘莲，也就一般人。出尔反尔，猜忌多疑，白白害了刚烈美丽的尤三姐一条小命。

而尤其，宝玉反复说过的一句话，对我的影响几乎是致命的。他说，女儿是清清的水做的，男人是烂烂的泥做的，女人一旦遭遇了男人就不可避免地变浑了。呵呵。对男性的不信任甚至是抵触情绪，从我13岁读《红楼梦》的时候，就奠定了基础。可见，生为女子，书读多了未必是好事呢。

说远了。

《京城可采莲》是我女性随笔的精选本。仔细过滤的过程里，我时而忧伤，时而欢喜。字里行间的感受，对我来言，仍然鲜活恍若昨日。

在此，要特别感谢编辑文欢。她也是一个写字的女人。她的知性和感性，以及慧眼与慧心，给我鼓励，让我安心。

是为后记。

图书在版编目（CIP）数据

京城可采莲/阿琪著. -呼和浩特：远方出版社，2008.1

ISBN 978-7-80723-295-7

I.京… II.阿… III.随笔-作品集-中国-当代 IV.I267.1

中国版本图书馆CIP数据核字（2007）第198906号

京城可采莲/阿琪 著

策　　划：张　明
责任编辑：张　旭
特约编辑：文　欢
装帧设计：孙常德

出版发行：远方出版社
社　　址：呼和浩特市乌兰察布东路666号
电　　话：0471-4919981（发行部）
邮政编码：010010
经　　销：新华书店
印　　刷：北京中印联印务有限公司
开　　本：720毫米×1000毫米　1/16
字　　数：180千字
印　　张：16.5
版　　次：2008年1月第1版
印　　次：2008年1月第1次印刷
标准书号：ISBN 978-7-80723-295-7
定　　价：29.80元